Andrea Pierus

Die kleine Meerhure

edition ananas

www.edition-ananas.at

© 2020 Andrea Pierus

Alle Rechte vorbehalten

Druck & Verlag: tredition GmbH

Halenreie 40-44, 22359 Hamburg

Coverbild: Andrea Pierus

www.skulptora.at

Coverdesign: Martin Th. Schmid

edition ananas

Die kleine Meerhure

Es ist ihr Meer und ihr Horizont, alles, was Sie da sehen, gehört ihr! Eigentlich hätte sie eine Wassernixe werden wollen, schon als Kind war das ihr Wunsch, aber ihr wollte einfach keine Schwanzflosse wachsen, die ihre Beine zusammengehalten hätte. Was soll's, so wurde sie eine Meerhure. Sie liebt das Meer und den Wind, der über die glatte Oberfläche des Wassers streicht, den Strand, die Muscheln und die Männer. Der Beruf fiel ihr in den Schoß, so wie ihr die Männer in den Schoß fielen. Ihr williger Schoß! Jeder kann sie nehmen, in sie eintauchen. Über ihrem Schoß, über diesem Ort der Sehnsucht hat sie das schwarze, duftende Seegras, das dort in kleinen Büscheln wächst, akkurat zu einem gleichschenkeligen Dreieck fassoniert. Ihr Strandkorb ist rund um die Uhr geöffnet. Zu ihrer Stammkundschaft gehören die ganz Jungen, die Unerfahrenen, die Liebhaber des Wassers, der Wellen, des Ozeans und die alten Männer. Sie ist romantisch, kuschelt im hohen Schilf; eine Strandschönheit, eine Bilderbuchschönheit ist sie – und sie ist zärtlich, mitfühlend, sanft, verträumt und feucht, so feucht. Sie ist für alle da, für alle offen. Für alle Wünsche offen, dubidubidu, wie du es magst – oben, unten, vorne, hinten – wie es dir gut tut!

Eines Tages, da kam einer, der stahl ihr reines Herz. Sie konnte ihn nicht identifizieren und so wurde der Dieb nie gefasst. Ohne Herz geht die empfindsame Meerhure vollkommen in ihrem Beruf auf, wie eine Auster vor dem Verzehr geht sie auf und zeigt sich. Sie treibt es gerne mit den Fischern. Vier oder fünf hintereinander, bevor sie in der Früh ausfahren, auf hohe See fahren mit ihren bunten Booten. Manchmal kommen zwei gemeinsam, sie nimmt sie alle, nimmt sich ihrer an, wie es sich ausgeht, wie es sich ergibt. Die kleine Meerhure liebt den Geruch der Fischer, liebt ihre rauen Hände, ihre sanften Zungen. Den Saft der Männer wäscht sie im Salzwasser fort, bis das Meer gesättigt ist von diesem Saft, bis er hochsteigt zum Horizont und sich dort sammelt und als weiße Blase, als Mondblase zum Himmel schwebt. An manchen Tagen lässt sie mit sich handeln. Zwei Nummern zum Tarif von einer oder zwei Männer teilen sich die Kosten und die Meerhure abwechselnd. Gerechtigkeit muss sein! Alle Kostgänger kommen auf ihre Kosten – kostenlos an solchen Tagen! Kosen und kosten. Auskosten. Manchmal wird ihr Bauch richtig schwer vom vielen Saft der Männer – es gluckst dann bei jedem Schritt, wenn er vorne bis zum Nabel in die Höhe schwappt. Aber sie hat das im Griff, wenn die Flüssigkeit überhand nimmt, nimmt sie das Geschehen selbst in die Hand – Handarbeit oder Mundraub. Sie hat volle Lippen, seidenzart. Eiweißnahrung. Sie lebt gesund.

Manchmal wacht sie im Sand neben dem Strandkorb auf und kann sich nicht mehr erinnern. Aber das macht nichts. Allgemein geht es ihr immer nur um das Eine. Der Nächste wartet schon. Steht wie ein Fels in der aufgehenden Sonne. Er ist zuvorkommend. Manchmal kommt es sogar vor, dass ihr ein Freier den Sand aus den Augen bläst, sachte.

»Warum hast du so viel Sand in den Augen, romantische Meerhure, träumst du so viel? Vom Rauschen des Meeres träumst du? Rück raus, mit deinen Träumen!«

»Rück ihn du raus und steck ihn rein. Wo du willst. Oben, unten, vorne, hinten. Wie du willst.«

Ihr sind alle lieb. Einer ist wie der andere. Jeder, der kommt, bekommt was er will, dabei wollen sie alle nur kommen, mehr wollen sie nicht. Keiner wird zurückgewiesen. Hingewiesen, ja, das schon – oben, unten, vorne, hinten – such dir was aus! Sie ist gütig. Sie ist aufopfernd, aufopfernd und gefühlvoll. Keinen Wunsch, den sie nicht erfüllt. Freudig! Da ist sie in ihrem Element.

»Hörst du es, der Abend wartet!«

Ein langer Strandspaziergang und er legt den Arm um die empfindsame Meerhure.

»Komm, leg dich in die Dämmerung mit mir.«

Mit großem Brimborium schaukelt sie ihren zarten Busen, so glücklich ist sie inwendig im Abendrot, dass sie es auswendig jedem zeigen möchte. Das Meer ist so sanft, sanft wie die Nacht. Irgendwie kommen sie wieder raus aus dem Himmelsschauspiel und sie läuft zurück zu ihrem Strandkorb.

Einmal, da war einer, den hat sie geliebt. Der war zu kurz gekommen bei der Verteilung der Männlichkeit. Wie ein kleiner, schutzbedürftiger Vogel, wie ein gerade aus dem Nest gefallener Vogel lag sein Vögelchen in ihrer Hand. Sie wollte ihn hochpäppeln, rieb ihn hoch mit großem Geschick. Gerührt und mitfühlend betrachtet sie ihn.

»Siehst du, es geht doch! Und noch ein bisschen, ein kleines bisschen. Bravo! Tüchtig! Gut gemacht!«

Doch das Vögelchen ermüdete rasch und zog sich wieder zurück. Es war ohne Geschmack und ohne Geruch. Es hinterließ keine Spuren. Es beließ sie so, wie sie war. Liebte sie ihn deshalb, weil seine Männlichkeit so leicht wog, leicht wie ein Windhauch, den das Meer geküsst hatte? Die anderen Männer verschenken sich im Überfluss, aber er, er war ein anderer. Sie konnte ihn stundenlange im Meer baden. Die frische, salzige Meeresluft würde ihn stärken! Doch eines Tages kam er nicht mehr. Sie war traurig. Sie weinte ein bisschen. Der Wind holte ihre Tränen.

Sie läuft am Strand, Strandläuferin, läufige Meerhure, die anderen Strandläufer hinter ihr her. Sie laufen, bis sie fällt. Das gefallene Mädchen. Sie macht sich einen Spaß daraus – wenn einer sie retten möchte, macht sie auf Hollywood, auf Julia Roberts und hol mich hier heraus! Gleich, gleich, vorher will er noch in sie hinein, rein will er, er holt ihn raus, dann wird er sie rausholen, bestimmt. Aber die Reihenfolge muss gewahrt bleiben! Soll er machen, wie er will. Sie ist dort, wo sie hinpasst. Er ist dort, wo er reinpasst. Passgenau.

Sonntags nach der Kirche kommt der Messdiener auf eine gute Tat vorbei. Nicht bekehren, nein, einkehren will er. Ave – und das Salzwasser brennt! Sie ist eine Seele von einer Hure. Jeden Tag eine gute Tat. Sie treibt es mit allen, treibt Handel mit allen. Geschäftemacherei, finden Sie? Nicht nur Beruf, Berufung ist ihr Tun. Gunstgewerbe. An manchen Tagen verschenkt sie ihre Gunst – oben, unten, vorne, hinten – mit Genussgarantie, mit Umtauschrecht, sie gewährt alle Rechte dieser Welt.

Sie hat ihr ganzes Vermögen in den Meerhurenbetrieb gesteckt. Der Strandkorb wurde neu tapeziert, mit einladenden roten Quasten an den Seitenteilen. Den Sand um den Korb wienert sie täglich bis er glänzt wie Goldstaub, picobello. Danach geht sie ins Meer, lässt sich kosen von der herannahenden Flut, reitet auf den Wellen Poseidon entgegen. Ihr langes, seidenschwarzes Haar tanzt auf dem Wasser. Bei Ebbe liegt sie im nassen Sand, beobachtet die Krabben, schläft, bis das Wasser an ihren Beinen leckt, dann läuft sie zu ihrem Strandkorb zurück. Ist da einer?

Als die kleine Meerhure in die Jahre kommt, schließt sie ihren Strandkorb und zieht in ein Häuschen in der Lagune. Sie ist weise, besonnen und philosophisch und hat den Meerhurenbetrieb an den kussschönen Stricher verpachtet. Ein toller Coup! Die Fischer wundern sich. Zuerst wundern sie sich, dann werden sie schnell einig mit dem ansehnlichen Jüngling. Er hat sie an der Angel, er hat sie am Haken, er zieht sie an, er zieht sie an Land. Er ist zuvorkommend, so, wie die kleine Meerhure, bei der er einstmals in die Lehre ging – oben, unten, vorne, hinten – was ihr wollt, wie ihr es wollt, und seine Haut ist sommerzart. So gehen ihm die Fischer ins Netz, lassen sich fangen, einfangen. Er will sie, darum bekommt er sie. Sie reiben sich an ihm, finden Geschmack an seinem flachen Bauch und öffnen ihre Pforten.

Der Sonnenschirm der Meerhure bekommt einen neuen Platz. Ihr Liegestuhl steht nun im Strandflieder, alles lila beknospt, strandfliederlila, ein stabiles Paradies. Des Morgens strickt sie Tampons, an den Nachmittagen lauscht sie dem Wispern der Wellen. Sie genießt die Brandung und das Alleinsein.

Am Ende der Woche kommen zwei frische Huren aus dem Ort und fragen an, ob sie künftig die Meerhurenakademie leiten will. Natürlich will sie! So gibt die philosophische Meerhure Stunden, erläutert die Stundensätze samt der dazugehörigen Moral, die Praktiken und Fingerfertigkeiten – oben, unten, vorne, hinten – wie einer will, wie es kommt und wie es ihm kommt, ihm bekommt.

»So kommt doch, nehmt ihn!«

Sie nennt die Lust beim Namen. Sie fördert Talente. Sie bringt den Frischen bei, sich zu recken, den Busen zu recken, hervorzurecken, und den Po, damit die Männer ihre Köpfe recken, nach dem Rausgereckten.

»Männer schauen doch so gerne«, sagt sie, »und dann regt sich was bei ihnen, räkelt sich was, räkelt sich was hoch, dreimal hoch. Hoch, Hoch, Hoch!«

Die Meerhure findet sich schnell ein, ein neuer Beruf, eine neue Berufung. Trotzdem, die rauen Hände der Fischer fehlen ihr und so wird die philosophische Meerhure eine Ehrenamtliche. Eine, die hilft, wenn der Notstand sich ankündigt, prophylaktisch. Notstandshilfe, Notstandshelferin, Strandhelferin, Stand-

helferin – oben, unten, vorne, hinten – die Notwendig-
keit weist den rechten Ort in der Dynamik der Unent-
schiedenheit. Auch als Ehrenamtliche begleitet sie
ihre Berufsausübungsfreude. Ihre Hingabe macht Ge-
schichte. Sie ist stolz, dass alles so gut läuft, stolz,
dass sie ihr nicht widerstehen können. Wie viele
Schwüre hat sie schon gehört? Sie blickt hinauf in den
Himmel – ein Glanzidyll! Sie führt Buch, ein Sternenbuch. Und heute? Jean, Jacques, Jules und Jerome.
Drei Sterne für den Ersten, zwei für den Zweiten und
Jules? Fünf Sterne für diesen Freudensprung! Den
Letzten bedenkt sie mit Trostfantasien. Das wird
noch! Das wird noch! In ein paar Wochen wird auch
er einen Stern bekommen. Wenn ihr einer besonders
zugetan ist, schwingt sie sich auf seine Lenden, schaukelt ihren rundlich gewordenen Leib im Rhythmus der
Wellen. Herzchen! Goldjunge! Wenn sie die Nässe in
ihrem Schoß aufsteigen spürt, springt sie ab und läuft
zum Wasser. Kleine Bäche, Fruchtbarkeitsrinnsale
laufen ihre Beine hinab, hinab zu den Wellen und ver-
einigen sich mit dem Meer. Danach noch ein Südsee-
schwindler in Seesternchenstellung. Ein Wimpern-
schlag, und eines muss gesagt sein: Die Improvisation
gelingt ihr ohne große Mühe. In den Morgenstunden
geht die philosophische Meerhure an den Strand und
legt sich in die kommende Wärme. Die Sonnenstrah-

len knistern in ihrem ehemals dunklen Busch. Weiße Fäden sind nun eingezogen, reißfest durchweben sie das schwarze Gras, ein melierter Busch, ein zweifarbiger Busch, schwarz-weiß, weiß-schwarz. Wie ein Reptil liegt sie in den Sand gedrückt, spürt die Körnung, atmet das Salz. Ihr Körper nimmt die Wärme auf, wird geschmeidig, immer geschmeidiger, immer schmiegsamer. Sie fühlt die Lust erwachen, mit dem Rauschen des Meeres kommt die Lust. Eines Nachmittags, als die Meerhure gerade ihre ehrenamtlichen Ritte alle vollendet hat und ruht, im Sand ausruht, in der Sonne, an diesem Nachmittag kommt eine besonders hohe und spitze, eine melodiöse, eine scharf singende Welle in die Lagune gerauscht und nimmt sie mit hinaus, die kleine, alte Meerhure, mit hinaus in die Weite, trägt sie kosend und schaukelnd in ihren schaumigen Armen und bettet sie fürsorglich auf den Grund des Meeresbodens. Hier ist sie auf ihrem Platz, in der Welt der vertrauten Dinge. Hier ist sie daheim und hier bleibt sie. Tags darauf fahren die Fischer des Ortes, der kussschöne Stricher, die frischen Huren, die Jungen und die Alten, die Begehrlichen und die Scheuen, sie alle fahren in ihren bunten, in ihren blumengeschmückten Booten hinaus auf das spiegelglatte Wasser und singen ihr ein Lied. Alle, alle, alle, sind sie gekommen, alle, die die kleine Meerhure gehabt

hatten, alle, die die kleine Meerhure gehabt hatte –
oben, unten, vorne, hinten – wie du es willst.

Die Nixe Brusatti

Brusatti ist 16! Ihre Mutter, eine von den frischen Huren der Lagune, betrachtet ihre Jüngste aufmerksam.

»Prächtig, wie gut sie im Futter steht!«

Und da sie darauf erpicht ist, ihre Tochter zu einer Ehrenwerten zu erziehen, kommt sie noch in der Nacht zu einem Entschluss. Am nächsten Morgen steht sie mit Brusatti vor der Türe der Dorfschneiderin, der alten Onda.

»Eine Flosse, eine glänzende Schwanzflosse, grünblau schillernd wie die Wellen des Meeres im Frühling, eine Nixenflosse – widerstandsfähig und gediegen, eine Flosse, die ihre Weiblichkeit bedeckt, braucht sie!«

Onda nickt bedächtig. In Anbedacht der herrlichen Kurven – sie versteht. Sie befühlt Brusattis fabelhafte Schenkel, ihre spitzen Knie. Brusatti wirbelt um ihre eigene Achse und Onda nimmt Maß, eine Maßnahme für künftiges Maßhalten, ein Maßkostüm für Brusatti!

»Nächsten Samstag ist die Flosse zugeschnitten. Ich nähe sie dir direkt auf den Leib, auf den Leib geschneidert bekommst du sie, eng anliegend, ohne Spielraum, ohne Raum für Spiele!«

Brusatti starrt in den Spiegel und nimmt Abschied von ihren langen Beinen. Bis sie 20 ist, muss sie die

Nixe geben. Jetzt ist sie die Nixe Brusatti. In der Schule machen alle Augen. Ihr wohlgestalteter Körper kommt in dem hautnahen, schimmernden Nixengewand nachdrücklich zur Geltung – trüglich – als gelte es, die Brusatti jetzt und sofort an den Mann zu bringen. Langsam gewöhnen sich die anderen Mädchen. Furore gibt es erst wieder, als sich die Nixe Brusatti an der Musikhochschule einschreibt. Flötistin möchte sie werden. Die vollen Lippen, die feuchten Lippen, feucht wie die salzige Meeresbrise – und dieser Hintern! Die Professoren geraten in Euphorie.

»Aus dieser hier wird etwas werden«, sagen sie, und die Brusatti weiß es auch ohne die Professoren. Mit diesem Hintern! Sie promeniert keck am Gang.

»Seht nur, dieser kissenweiche, wohlgeformte Hintern«, scheint sie mit jedem Schritt zu sagen.

Und als ob er ihre Worte noch unterstreichen will, arbeitet sich der charmante Hintern mit Geschick aus der im Laufe der Jahre zu klein gewordenen Nixenflosse. Herausgearbeitet steht er da! Er arbeitet für die Brusatti und genießt die stehenden Ovationen. Er erfindet die Geschichten. Natürlich besteht sie alle Prüfungen bravourös, mit diesem Hintern! Die Brusatti zeigt sich gerne. Sie genießt es, sich zur Schau zu stellen.

»Sehen Sie nur«, zwitschert der Hüftschwung, »sehen Sie mich nur an und etwas in Ihrem Leben wird anders. Sehen Sie nur dieses reizende Po-Dekolleté, diese reizenden Mondhügel, sommerfrisch, delikat, samtweich und nachgiebig.«

Die Nixe Brusatti ist berechnend. Rechnen kann sie! Das hat sie von ihrer Mutter. Sie berechnet jeden Hüftschwung, jeden Blick auf ihren Nabel – die Güte kommt erst später. Jetzt berechnet sie ihren Notenschnitt in Relation zur Tiefe ihres Ausschnitts. Sie berechnet ihre Wirkung. Und wenn diese Brusatti, diese unergründliche Nixe, dann die Flöte zwischen ihre Lippen nimmt, bringt sie alle um den Verstand. Dieser feuchte, dieser rote, dieser unschuldige Mund! Viel Fantasie braucht sie da nicht, um die Vögelchen der Professoren zu gewinnen. Saftfrühstück! Das stärkt die Muskulatur, die Mundmuskulatur, die Lippenmuskulatur, die Zungenmuskulatur – es geht ihr einzig um die Muskulatur.

»Gerne, meine Liebe, wenn Ihnen so geholfen ist, wenn es Ihr Flötenspiel weiterbringt. Dieses kleine Opfer für die Kunst, die hohe Kunst«, wispern die Professoren und drücken sich an ihre Lippen, drängen sich an ihre Zunge.

»Dieses unerhört talentierte Frauenzimmer«, sagen sie, »dieser Zungenschlag, dieses Tremolo, dieser Triller, diese Haltung, diese Konzentration, dieses Geschick! Und dieser Ehrgeiz! Üben, üben, üben, jeden Tag üben!«

An manchen Tagen genießen fünf, sechs, sieben, acht Professoren ihre Künste, ihr Talent. Zweimal die Woche kommt der Direktor persönlich, um sich von ihren Fähigkeiten bezirzen, bezaubern und betören zu lassen.

»Wie sie sich macht, gnädige Frau? Wunderbar macht sich unsere Brusatti, sie ist von ausgesuchter Machart, unsere Nixe!«, bekräftigt er im Brustton der Überzeugung.

Dabei möchte die Mutter doch nur wissen, wieso der Lippenstift der Brusatti abends immer verwischt ist – ob das vom Flötenspiel kommt, möchte sie wissen.

»Natürlich, vom konzentrierten Spiel kommt das, Verehrteste, und Ihre Tochter ist eine Meisterin ihres Faches!«

An ihrem zwanzigsten Geburtstag geht die Nixe Brusatti zur alten Onda, die jetzt schon uralt ist, um sich zu häuten. Mit vorsichtigen Schnitten befreit sie die Brusatti von der meergrünen Schwanzflosse, die ihr wie eine zweite Haut sitzt. Sie schält sie aus den schillernden Schuppen.

»Jetzt bist du frei, meine Kleine! Frei zu tun, was immer du willst!«

»Die Freier warten schon!«, lacht Brusatti und läuft vor die Türe, läuft an den Strand.

Gedankenverloren betrachtet sie die Spuren, die sie im feuchten Sand hinterlässt. Eine Schaumwelle schwemmt ihr ein vermoostes Kästchen direkt vor die Füße. Die Brusatti öffnet es.

»Ein Sternenbuch?«

Das Sternenbuch der kleinen Meerhure! Sie blättert um, mit jeder neuen Seite wächst ihre Neugierde: Datum, Uhrzeit, Tarif, Rufname, Vorlieben im Detail – oben, unten, vorne, hinten – wie er es mag, und in der rechten Spalte sind mit goldenem Nagellack die Sterne eingetragen. Die Brusatti kennt beinahe alle Namen im Sternenbuchverzeichnis – sie sind fast alle aus der Lagune, die Fischer, der Arzt, der Notar, nur die Studenten sind aus der Stadt. Sie ist berauscht. Berauscht von ihrem gerade im Entstehen begriffenen Gedanken.

»Ein Beruf mit Zukunft!«

Die Zukunft ist schon da! Und künftig wird sie selbst ein Sternenbuch führen. Am Heimweg sieht sie den alten Geronimo auf einem Felsen sitzen. Die Brandung kräuselt sich um seine nackten Füße. Wieso ist über ihn nichts im Sternenbuch der kleinen Meerhure zu finden? Sie setzt sich neben ihn.

»Magst du etwas mit mir anfangen? Oben, unten,

vorne, hinten – wie es dir gefällt, wie du es am liebsten treibst! Heute ist mein erster Arbeitstag und du
bist mein erster Freier. Nächste Woche führe ich
schon ein Sternenbuch.«

Der alte Geronimo betrachtet die Brusatti ausgiebig.

»Ich habe schon seit vielen Jahren keine Frau mehr
gehabt, Brusatti. Die Frauen sind bezaubernd, von der
Ferne sind sie bezaubernd, wirklich bezaubernd und
ich erfreue mich an ihrem Anblick, an ihrem Lachen,
doch wenn sie näher kommen, nahe kommen, zu nahe
kommen, dann gibt es Kummer. So sehe ich sie mir
lieber von der Weite an!«

Brusatti kaut nachdenklich an ihrer Unterlippe.

»Geronimo, das hast du dir wirklich gut ausgedacht.
Keinen Wodka, keine Autos und keine Frauen. Was
glaubst du, wie viel Maßhalten verträgt einer? Wann
wird es maligne? Lass doch deine Augen grasen, grasen am üppigen Busen der Onda, an Mius runden Hüften! Nur kein Zaudern, komm zurück ins Leben!«

Sanft aber bestimmt zieht sie Geronimo in den
Sand.

»Oben, unten, vorne, hinten – wie willst du beginnen?«

Geronimo weiß es nicht, weiß nicht, wie er sich einer Frau nähern soll und überlässt der Brusatti das Ar-
rangement, sie ist die Dirigentin seiner Lust. Am An-

fang klappt gar nichts, weil Geronimo so nervös ist, nervöser als beim ersten Mal! Sein Vögelchen plustert sich aufgeregt, nur um sich gleich darauf wieder zu verstecken, doch die Brusatti lässt ihn nicht entkommen. Als es sich zum vierten Mal versteckt und Geronimo bereits völlig mutlos ist, erwacht die Güte in Brusatti. Sie beruhigt ihn, wie man einen ängstlichen Buben beruhigt, dann nimmt sie sein Vögelchen in die Hand, alles liegt jetzt in ihren Händen, sein Geschick liegt in ihren Händen, und da klappt es auf einmal und der alte Geronimo wird wieder zum Mann, im Rhythmus der Wellen wird er wieder zum Mann.

Mius Bauch

Schon als Baby war alles an Miu rund. Ihre kleinen, runden Ärmchen streckten sich dem Besucher freudig entgegen, ein süüßer, runder Kopf, selbst ihr Lächeln war rund. In der Pubertät wurde das Runde an ihr noch runder und ihre süüßen, runden Schenkel berührten sich bei jedem Schritt und machten dabei ein leises, hauchfeinreibendes Geräusch, ein verlockendes Knistern entstand so zwischen Mius Beinen, eine Ode an die Lust.

Jetzt ist Miu 18. Alle Freundinnen hatten schon einen Mann, einige hatten schon einige Männer. Miu hat keinen. Sie sieht an ihrem Körper hinab und fixiert das bauchrunde Rund. Sehnsüchtig betrachtet sie Brusattis Bauch – ganz flach ist der und Miu denkt, dass aus ihr und ihrem weichen, anschmiegsamen Bauch keine von den neuen, frisch nachkommenden Huren werden kann. Sie merkt nicht, wie die jungen, glatten Fischer, die Lehrbuben der Fischer sich zuraunen:

»Schau doch, dieser süüße Busen! Dieser süüße Bauch! Dieser süüße Po!«

Miu merkt nichts. Sie ist traurig und wird immer trauriger.

»Mein runder Bauch«, seufzt sie und mit einem

Ruck reißt sie sich den Wunsch, eine von den frischen Huren zu werden, aus der Haut.

Sorgsam wickelt sie den Wunsch in ein Kissen, rollt ihn ein, legt ihn zum Sterben. Legt ihn in die dunkelste Ecke des Nachtkästchens.

»Ade! Gute Reise!«, flüstert sie.

Die Nixe Brusatti beäugt Miu aufmerksam, wie diese müde am Segelmast lehnt. Die Brusatti ist in der Zwischenzeit, seit dem vorigen Kapitel also, auf satte 24 Jahre angewachsen und sie übertrifft, trotz ihrer Jugendlichkeit, selbst die Uralten in der Lagune an Weisheit. Sie ist weise und gütig. Die Nixe Brusatti, die gütige Junghure. Ihr Blick klebt an Mius dunkel beringten Augen.

»Komm, meine Schöne, wir machen einen Segeltörn, nur wir zwei!«, lacht sie verschwörerisch.

Bald ist das Boot auf hoher See, bald hat Miu den zum Sterben gelegten Wunsch vergessen, bald ist sie gefangen von Brusattis Sternenbuch. Ein Sternenbuch – hat man sowas schon gehört? Sie blättert durch die Seiten und hört Brusattis Stimme.

»Kennst du den mageren Presto im Rollstuhl? Er hat schon vier Sterne! Er hatte solche Angst vor den Huren, Angst, dass sie ihn auslachen würden wegen seiner lahmen Beine. Ich war ganz vorsichtig mit ihm – oben, unten, vorne, hinten – wie es dir leicht fällt, habe ich zu ihm gesagt.

Oder Pablo? Du weißt schon, der scheue Pablo. Pablo mit dem Zitterbart? Er hat gestern seinen ersten Stern bekommen, stell dir vor! Ha, wie schnell der laufen kann! Dreimal ist er mir entwischt, wieder und wieder durch die Finger geschlüpft. Aber gestern habe ich ihn rasch in eine Ecke gedrückt – oben, unten, vorne, hinten – ich zeig dir, wie es geht!

Und Lorenz, der mutlose Lorenz? Ja! Der, der immer mit hängendem Kopf und hängenden Schultern nahe der Häuserwände entlang streift, der keine Frau auch nur aus den Augenwinkeln ansieht, so verzagt wie er ist. Er hat schon drei Sterne!«

Die Nixe Brusatti hält atemlos inne. Sie lebt mit, mit jedem Freier lebt sie mit, denkt sich hinein, ganz hinein in das Innenrund der anderen. Brusatti rückt noch näher an Miu heran und streicht ihr sanft über den Bauch.

»So süüß und so rund, so lau, so mild, so zärtlich ist dein Bauch.«

Miu erschrickt. Doch mitten hinein in ihr Erschrecken reicht ihr die Brusatti ein anderes Buch.

»Da hast du, es ist das Sternenbuch der kleinen Meerhure. Ich brauche es nicht mehr, ich habe mein eigenes Sternenbuch.«

»Das Sternenbuch der kleinen Meerhure!«

Zurück in der Lagune bleibt Miu am Strand, legt sich ins angeschwemmte Seegras. Sie liegt und liest. Sie liest und wartet, bis der Himmel sein Nachtkleid über sie breitet.

Am nächsten Morgen findet sie Poseidon, der kräftigste und schönste unter den Fischern, im Seegras. Er beugt sich zu ihr, berührt mit seinen rauen Händen ihre Haut, die so weiß wie Schlagobers, so weiß wie Meerschaum strahlt.

»Oben, unten, vorne, hinten – wie magst du es?«, murmelt Miu im Schlaf.

Blumenkind

Miu ist seit vier Monaten im Geschäft. Miu ist geschäftstüchtig. Nun hat sie ein sinnerfülltes Leben, eine erfühlende, eine erfüllende, eine ausfüllende Aufgabe. Ihr süüßer, runder Bauch ist voll vom Saft der Männer, randvoll ist ihr saftrunder Bauch, safttrunken. Miu hat Stammkundschaft und einen Bauch, der Kunden heranschafft, reihenweise Kundschaft. Sie liebt die Männer, liebt den Schaft, sie liebt den Saft. Fühlen, fühlte, gefüllt lautet ihre Grammatik.

Am äußersten Ende der Lagune betreibt sie ein Strandcafé mit einem luftigen Extrazimmerchen – Meeresbrise inklusive – offen für alle, offen für alle Wünsche, für alle Extrawünsche. Die Freier warten. Die Freier stehen Spalier.

»Oben, unten, vorne, hinten! Such dir etwas aus, es lohnt sich!«

Dimitri ist Mius Liebkind. Dimitri hat Angst vor Nähe und vor Frauen, aber bei diesem Testosteronspiegel, wie soll er das geregelt bekommen? Kommen ja! Aber wie lauten die Spielregeln?

Dimitri liebt Handarbeit und Miu ist eine vorzügliche Handarbeiterin. Sie umgarnt ihn. Originell und kunstvoll, fingerfertig, geschickt und dieses Timing! Dimitri ist erleichtert. Er kommt und er kommt regelmäßig in Mius Händen, seinen Spielregeln gemäß. Mius Hand darf sich ihm nähern, mehr Nähe gesteht er ihr nicht zu – einstweilen, denn tief drinnen im Seelenrund, im Seelenkern, da hätte er schon gerne eine, eine mit der er ausgehen kann, an den Strand gehen kann, eine wie Miu, und Miu, die das alles weiß, die das alles schon vorausgefühlt hat, Miu hat eine Idee als sie Dimitri so daliegen sieht, mit geschlossenen Augen, bereit zum Genuss. Sein Vögelchen ist quietschlebendig, plustert sich, wächst und gedeiht – es ist ein Ach und ein Hach!

»Ach, Vögelchen, hach, so komm doch mein Vögelchen!«, lockt Miu, locken ihre Finger, bis Dimitris Vögelchen eine Fontäne in die Luft sprüht, eine Lustfontäne in die Luft sprüht, wie ein Walfisch.

Geschickt dirigiert Miu die fröhliche Fontäne in Dimitris Nabel. Alle Tropfen laufen hier zusammen. Dimitri, der die Augen noch immer geschlossen hält, merkt nicht, wie Miu einen Samen, einen Ringelblumensamen in sein Nabelsamenbad wirft. Samenaufbaulösung. Samenwachstumsessenz.

Alle drei Tage steht Dimitri vor der Tür des Extrazimmerchens. Neun Tage beträgt die Keimzeit für Ringelblumensamen bei Körperkeimtemperatur, dann erscheint das erste Blatt. Ein hellgrünes, ovales Blatt. Miu ist zufrieden. Zielgenau und treffsicher, mit dem

Gespür für den richtigen Zeitpunkt, versorgt sie den Keimling mit Nährlösung. Er schießt in die Höhe. Nach 21 Tagen öffnet die Ringelblume ihre orange Blüte.

»Miu, schau mich an! Schau dir meinen Nabel an, mein blumengefülltes Nabelrund!«

»Mein Blumenkind!«

Ende des Monats eröffnet Dimitri einen Blumenstand, einen Ringelblumenstand, gleich neben Mius Strandcafé. Blümchensex ist en vogue! Die Frauen aus der Lagune, die feuchten Femmes, kommen in Scharen, um Dimitris Ringelblumen zu bestaunen, in Grüppchen stehen sie an, bis er ihm steht und als Andenken pflücken sie eine Blume. Selbst die Dame mit dem Hermelin stattet ihm einen Besuch ab – nicht nur der Ringelblume wegen. Dimitri hat seinen Testosteronspiegel im Griff, die Frauen haben ihn im Griff, beinahe, und das mit der Nähe, das wird schon!

Die Dame mit dem Hermelin

Wenn sie ausgeht, wirft sie sich den Hermelin über die Schultern. Die Dame ist eine Stadtbekannte! Sie treibt es nur in feinsten Laken, die Gardinen sind aus hauchzartem Mousseline, ein Duft von Skandalös schwängert die Luft. Kuba-Rum in der Luxussuite. Wenn sie öffnet, trägt sie Haut und Perlen. Die Perlenkette hat sie von den Fischern. Für jede Nummer nimmt sie eine Perle. Sie ist tausendschön und um ihren Hals, zwischen ihre prickelnd weißen Brüste, schmiegt sich die vierfach geschlungene Kette an ihre noble Haut. Die Dame mit dem Hermelin ist immer in Bewegung – oben, unten, vorne, hinten – rastlos bespringt sie die Männer. Sie nimmt es mit einem halben Dutzend von ihnen auf einmal auf, locker, noch einen und noch einen, nacheinander, nebeneinander, übereinander, untereinander, aufeinander. Wie eine Süchtige lässt sie sich abfüllen. More, more, more, more.

»Das ist doch nicht alles!«

Sie windet sie aus, ihre Freier, reißt und zerrt an ihnen, jeder Tropfen gehört ihr! Ohne mit der Wimper zu zucken, erlegt sie ihre Beute. Sie ist unablässig auf Streifzug nach neuer Kundschaft.

»Einen Orgasmus? Oder zwei oder drei – wie willst

du ihn? Oben, unten, vorne, hinten?«

Fünf Quickies in fünf Minuten. Sie ist eine Getriebene, eine Durchtriebene, sie treibt es mit allen, in fieberhafter Erregung, kribbelig, ruhelos, zerrissen.

»Wenn sie es dir besorgt, glaubst du, du teilst das Lager gleichzeitig mit zwei, nein, mit drei von den Stadthuren!«, stöhnen die Fischer. »Sie hat vier Hände, zwei Münder, sechs Beine. Sie ist überall, überall zugleich. Sie ist in dir, über dir, neben dir, auf dir und unter dir.«

Die Nobelhure kommt nicht zur Ruhe. Abends arbeitet sie an sechs Studenten am Stück. Ihre Wangen sind von einer hektischen Röte überzogen, ihre Beine vibrieren. Nach zwei Stunden Schlaf schreckt sie wieder in die Höhe. Zweite Halbzeit!

»Der Nächste bitte! Oben, unten, vorne, hinten? Schnell, mach schon, die anderen warten.«

In der Morgendämmerung fädelt sie die Perlen der Nacht auf ihre Kette. Gleich ist sie wieder bereit. Bereitschaftsdienst. Zu allem bereit. Die Fischer kommen, bevor sie ihren Fang einholen. Zuerst gehen sie der Dame mit dem Hermelin in die Fänge, dann holen sie ihren Fang. Sie ist eine Hochglanzmagazinschönheit!

»Oben, unten, vorne, hinten? Mach rasch!«

Sie fliegt über den Einen hinweg und drückt dabei

schon energisch den Nächsten in die Laken. Sie beansprucht alle Körper für sich, alle Körpersäfte.

Den Hermelin, den sie trägt, hat sie selbst geschossen. Sie kennt kein Erbarmen, weder mit sich selbst, noch mit den anderen. Wenn einer trödelt, sich verguckt, wenn sich ein Ängstlicher, ein Ahnungsloser zu ihr verirrt und nicht prompt seinen Saft versprüht, packt sie die Peitsche aus.

»Na warte, Bürschchen! Du machst mich nicht zur Närrin!«

Blitzartig saust die Peitsche nieder.

»Dalli, dalli!«

Will einer davonrennen, ausbüxen, desertieren, nagelt sie ihn mit ihren Brüsten an die blanke Wand, krallt ihre blutroten Nägel in sein Fleisch.

»Du entkommst mir nicht! Tempo, entschließ dich – oben, unten, vorne hinten – vorher kommst du hier nicht raus!«

Poseidon hat dieses Spiel satt. Er kommt in den frühen Morgenstunden, just als die Dame mit dem Hermelin ihre Kette auffädelt, hält sie mit eisernem Griff und bindet sie mit der Perlenkette an die Pfosten des Bettes. Er lässt sich auf ihr nieder, mit seinem ganzen Gewicht lässt er sich nieder auf ihr, über ihr, in ihr, in ihrem Schoß. Regungslos. Still. Ohne die kleinste Bewegung. Sie spürt, wie er schwer wird auf ihr. Immer schwerer in ihr. Sie bittet und sie fleht, aber Poseidon widersetzt sich. Er sieht sie an, er kost sie sanft mit den Augen und bleibt besonnen. Diese Nervenanspannung ist zu viel für die Dame mit dem Hermelin. So viel Ruhe erträgt sie nicht, so viel Zeit für Zweisamkeit und ohne Ablenkung, völlig auf sich selbst geworfen. Sie weint. Erst als sich die Sonne durch den Mousseline arbeitet, gibt Poseidon sie wieder frei. Jede Nacht kommt er nun. Jede Nacht bindet er sie fest, legt sich auf sie, drückt sie nieder mit seiner Kraft, mit seiner Gelassenheit, jede Nacht versinkt er in ihrem Schoß, bewegungslos. Die ersten Male weint die Dame, jedes Mal weint sie da noch, später wird sie ruhiger und nach vielen Tagen schläft sie ein, mit Poseidon auf ihrem frühlingsschönen Körper schläft sie und träumt. Manchmal wacht sie auf und hört seine Stimme in der Dunkelheit, leise, den ›Römischen Brunnen‹ auf den Lippen:

»Aufsteigt der Strahl und fallend gießt
Er voll der Marmorschale Rund,
Die, sich verschleiernd, überfließt
In einer zweiten Schale Grund;
Die zweite gibt, sie wird zu reich,
Der dritten wallend ihre Flut,
Und jede nimmt und gibt zugleich

Und strömt und ruht.«

(Conrad Ferdinand Meyer, 1882)

Die Nobelhure wird ruhiger, sie vergisst auf ihre Be-
sessenheit, sie wird gefühlvoll, sie beginnt zu spüren,
und eines Nachts spürt sie, wie Poseidon sich in ihr
bewegt, tief in ihrem Inneren bewegt, und sie spürt die
Lust aufsteigen, diese knallrote Lust zwischen ihren
Schenkeln, höher, immer höher steigen, bis sie ihren
Seelenkern berührt. Er ist so nahe bei ihr, so nahe wie
keiner zuvor. Die Kur zeigt Wirkung. Die Kur ist ein
Erfolg!

Tags darauf wartet die Dame mit dem Hermelin am
Kai, bis die Boote der Fischer in den Hafen einlaufen.
Sie hat etwas für Poseidon.

»Fang!«, ruft sie, und ihre Perlenkette wirbelt durch
die Luft.

Die Samenbank

Die Bärin ist klug und betriebsam, sie ist eine, die zupacken kann. Die Bärin ist eine Augenweide, sie ist bezaubernd, sie ist bezaubernd körperlich. Sommerschön. Meersommerschön, so schön! Mit dem Sehen beginnt die Lust. Jeder will sie ansehen, sich satt sehen.

»Wo ist Poseidon?«

In seinem Fischerboot nimmt er sie mit aufs offene Meer, hinaus zur Samenbank. Die anmutige Bärin bewirtschaftet die Samenbank. Sie wirtschaftet gut. Sie ist das Wirtschaftswunder des Mittelmeers. Sie ist die Wunderverantwortliche. In der Mitte der Lagune, dort, wo die meisten frischen Huren aus der Stadt ihre Strandkörbe haben, dort ist eine leichte Strömung, ein Strömungskanal, der durch die Bucht ins offene Meer hinaustreibt. Am Ende des Kanals war früher eine Sandbank. Eine Sandbank für alle Verliebten der Lagune. Jetzt ist dort die Samenbank. Wenn die tagfrischen Huren ihre vom Saft der Männer gefüllten, ihre blubbernden Bäuche auswaschen, nimmt die Strömung den Saft mit hinaus zur Samenbank, die jeden Tag um ein paar Millimeter wächst. Die Bärin hat ein ausgeklügeltes Kühlsystem, um die Samen frisch zu halten – minus 196° hat der Sockel der Samenbank, der weit hinabreicht in die tiefsten Tiefen des Meeres, das garantiert jahrzehntelange Frischequalität, wie neu, wie körperwarm, wie gerade erst versprüht. Der neu angeschwemmte Saft wird in kleinen Röhrchen unter die Wasseroberfläche in den Körper der Samenbank geleitet, abgekühlt und dem bereits majestätisch daliegenden Eissamenblock angegliedert. Nahtlos angegliedert. Wie eine arktische Eisscholle schwimmt die Samenbank vor der Lagune und sorgt für eine angenehm kühle Brise am Strand, eine erfrischende Brise. Die Touristen kommen in Booten. Sie fotografieren und staunen:

»Eine Sameneisscholle in diesen südlichen Gefilden!«

Jeden Dienstag kommt die Trambahn ›Peace for Ottakring‹ aus der Stadt in die Lagune. Sie spuckt alle spendenwilligen Männer aus. Samenspender. Alle kommen und spenden. Die Fischer sorgen mit ihren Booten für den Transfer. In Kuschelmuscheln, die mit schmalen Holzstegen an der Samenbank verankert sind, werden die Männer einquartiert. Einquartiert, umsorgt, besorgt, bis der Samen fließt.

Es läuft so: Der gerade angekommene Stadtjüngling fläzt sich in die weichen Kissen der Muschel. Er saugt die würzige Meeresluft ein und lässt sich fallen. Fällt einer tagfrischen Hure in die Hände.

»Oben, unten, vorne, hinten – wie magst du es am liebsten?«

Bester Service garantiert! Das ist ein Servicebetrieb! Das ist das Wirtschaftswunder! Die Tagfrische kuschelt sich zu ihm, servicelippenumschlossen liegt er da und genießt. Kurz bevor er kommt, öffnen sich die Servicelippen um das Wirtschaftswunder nicht zu gefährden. Sie öffnen sich und die Tagfrische drückt eine Abspritzphiole über das Vögelchen des Samenspenders. Mit Phiolen fangen sie die Lustfontänen der Männer. Wie Walfische sprühen sie ihren fröhlichen Samen in die Luft und in die Abspritzphiole. Ein Absaugmechanismus pumpt den fidelen Saft in die eisigen Schichten der Samenbank. Kryokonservierung. Konserviert auf unbestimmte Zeit. Konserviert bis ins nächste Jahrtausend. Die Samenbank wächst. Die Bärin berechnet das Höhenwachstum der Samenbank. Wirtschaftswunderwachstum. Auch die Stadt unterstützt das Projekt ›Samen für das Mittelmeer‹.

»Kommen Sie, kommen Sie, meine Damen, meine Herren, kommen Sie und staunen Sie! Das ist das Wirtschaftswunder! Das ist eine Fünfstern-Sehenswürdigkeit, da wird selbst der Eiffelturm blass!«

Die Stadt legt Prospekte und Reklamematerial auf, im Tourismusbüro.

Bald wird aus der Samenbank ein Eisberg werden.

Ein arktischer Eisberg im Mittelmeer. Ein Keimzellenberg. Das wird ein Touristenmagnet. Die Bärin berechnet die Eintrittsgelder für diese Megasight, berechnet das Wunder und montiert vorausschauend Seilzüge zur Besteigung des Eisberges: Sie bietet geführte Touren bis zum Gipfel an, und oben, auf der Spitze des Eisberges, am Höhepunkt, prunkt eine Schutzhütte mit Weitblick, eine Schutzhütte mit Abspritzphiolen, für jeden Touristen eine Phiole. Auf der Hütte arbeitet die Bärin mit Hobbyhuren, das steigert den Ertrag, steigert das Wirtschaftswunder, täglich. Täglich wächst es einige Millimeter, das Wunder. Die Hobbyhuren sind freudig erregt, die Hobbyhuren sind beflissen, sie partizipieren am Erfolg, sie sind Teil der Erfolgsstory, sie sind Teil des Wunders. Die Hobbyhuren warten schon und Hollywood bestimmt auch.

»Eine kleine Entspannung gefällig? Eine belebende Massage für das reisematte Vögelchen? Full Service! Wie treibst du es am liebsten? Oben, unten, vorne, hinten?«

Die tausendschöne Bärin rechnet.

Die Samengärten von Polybos

In den Wintermonaten reist die bezaubernde Bärin nach Asien. Sie hat etwas vor! Sie hat etwas gehört, etwas läuten gehört, unerhört, unglaublich – die Samengärten von Polybos. Da muss sie hin, diese Gärten muss sie sehen!

Die Bärin steigt aus dem Flugzeug, Glykys erwartet sie. Glykys ist die Samengärtnerin, die Herrin der Samengärten. Vor drei Jahren hat sie 25 Hektar am Rande von Polybos gekauft. Einen grünen Berg mit Reisterrassen, die bis zum Meer hin abfallen. Reis ist längst passé, Spermien sind gerade angesagt. Glykys nützt alle Flächen bis zu einer Hangneigung von 70 %. Terrasse neben Terrasse. Über dem Taleinschnitt sind sie am breitesten, hier sind die größten Samenbecken. Sie sind randvoll mit Superspermien: robust, ausdauernd, schneidig, schnell, leistungsstark und kämpferisch.

»Mit dieser Spezies gibt es kaum Probleme, sie sind in exzellenter psychischer Verfassung«, erzählt Glykys der staunenden Bärin.

Die Bärin ist verzückt. Die Bärin ist aufgeregt, innerlich ist sie aufgeregt, außen lässt sie sich nichts anmerken, aber innerlich plant sie bereits. Sie wird das Wirtschaftswunder ausbauen, eine Wirtschaftswunderfabrik wird sie bauen, im Zentrum der Lagune. Die Samen beflügeln ihre Fantasie. Sie liebt den Saft der Männer.

Glykys kauft die Spermien überall.

»Die aus den russischen Kliniken und Melkvereinen sind Weltspitze!«, schwärmt sie. »Allerdings ist beim Einkauf Vorsicht geboten! Bei der letzten Lieferung waren mehrere alkoholkranke Keimzellen dabei, Büffelgraswodka – du ahnst es – diese Alkies kommen auf Terrasse III, dort ist der Entzug.«

Glykys zieht die Bärin weiter zum Bewegungstraining.

»Wie sieht es aus, Janis?«

»Auuusgezeichnete Qualität, diese Spermien! Im Sprint schaffen sie 40 cm in 0,2 Sekunden!«

Janis ist begeistert. Zuallererst begeistert von Vladimir Großschenko – ein russisches Superspermium – er macht die 40 cm in 0,18 Sekunden, ohne auch nur ein bisschen außer Atem zu geraten.

»Das ist einsamer Rekord!«, gluckst er.

Für 1 ml dieser Premiumqualität bekommt Glykys den halben Monatslohn eines Fischers.

»Vladimir!«

Der Name zergeht der Bärin auf Zunge. Sie rechnet. Zahlenkolonnen türmen sich vor ihren Augen. Sie addiert. Sie multipliziert. Multiplikation mit dem

Glücksfaktor, dem Wunderfaktor, während Janis Stimme an ihrem Ohr plätschert.

»Schau sie dir an!«, seine Stimme bebt vor Stolz, so, als wären es alle seine Jungs, die gerade das Staatsexamen mit Auszeichnung bestanden haben.

»Spermien in diesem Verkaufssegment haben einen athletischen Oberkörper und eine Länge von mindestens 65 μm. Der kraftvolle Schwanz ist sehr beweglich und voller Spannkraft. Nur so sind diese Spitzenwerte im Sprint zu erreichen. Beim Anblick dieser Prachtexemplare gerät jede Eizelle in höchste Verzückung und stürzt sich augenblicklich in die Verschmelzung.«

Janis ist in Euphorie und die Bärin stöhnt.

»So good!«

Sie schließt die Augen, damit niemand die Dollarzeichen bemerkt.

»Vladimir wird heute mit den anderen Boys abgefüllt, willst du zusehen?«

Klar will sie!

»So, meine Herren, noch ein letztes Mal – Konzentration!«

Janis klatscht in die Hände, drückt auf die Stoppuhr und auf dem Display blinkt ein grünes Lämpchen. Die Spermien formieren sich am Gate.

»Start! Jaaaaaa, Vladimir, Beeeestzeit! 0,17 Sekunden!«, brüllt Janis mit sich überschlagender Stimme.

»Gratulation!«, haucht die Bärin hingerissen.

Er läuft ans andere Ende des Beckens und füllt mit einer Schöpfkelle die sahnige Flüssigkeit, Sahnesamen, Samensahne, in eine Phiole. Die Spermien verschwinden in flüssigem Stickstoff. Die Kühltemperatur ist exakt dieselbe wie bei den Mittelmeerspermien, minus 196° sind für den gesamten Trip garantiert.

»Gute Reise, Jungs. Wachset und mehret euch!«

Innerhalb der nächsten 24 Stunden werden sie ihren Zielort in Atlanta erreichen. 12 ml Klasse 1A Qualität für ein amerikanisches Paar.

»Russische und asiatische Samen für Amerika. Völkerverbindend«, denkt die Bärin. Dieser Gedanke gefällt ihr!

Trotz der Zahlenkolonnen, die sie penibel in Münzstapel umrechnet, denkt die Bärin sozial. Sie hat ein Herz. Ein Herz für die anderen, ein purpurrotes. Die Bärin vibriert, sie ist im Glück, der innere Diskurs in ihrem Kopf überschlägt sich. Innen drinnen, da türmen sich die Aussichten. Diese Möglichkeiten! Diese unzähligen, möglichen Wunder lassen ihre Gedanken in rasender Geschwindigkeit auf ihrem neuronalen Datenhighway dahinflitzen. Eine Außenstehende würde sich in einem Verkehrschaos auf der Südosttangente zur Hauptverkehrszeit wähnen.

»Komm! 204, 205, 206, 207.«

Glykys zählt die letzten Stufen. Kleine Schweißperlen sammeln sich in ihrem Haaransatz.

»Geschafft!«

Ein wundervolles Schauspiel bietet sich dem Blick der beiden vom höchsten Punkt des Berges. Andächtig betrachtet die Bärin das Ejakulat in den Spermienbecken, das in der Sonne glänzt wie unzählige Spiegel – der säuerliche Duft schwappt die Terrassen hinunter ins Tal. An der engsten Stelle bildet sich ein Duftsee. Unwiderstehlich und markant ist dieses moschusdampfende Aroma. Die Bärin hält ihre Nase in das würzige Bukett. Sie fühlt sich zu Hause. Sie liebt den Duft der Männer. Inmitten der stärksten Duftströmung, im Duftkanal befindet sich eine Station für Männer mit Fruchtbarkeitsunregelmäßigkeiten. Inhalationen und Duftwolkenbäder, Selbstwirksamkeitstraining und Ansätze aus der lösungsorientierten Glücksforschung bestimmen hier die Tagesordnung.

Gomba

Glykys sieht auf die Uhr.

»Wir müssen zu Gomba. Er ist auf Terrasse V!«

Im Weitergehen erzählt Glykys der Bärin von Gomba, dem Psychiater. Um wirtschaftliche Ausfälle zu vermeiden bekommt er alle Hätschel- und Sorgenkinder zur psychologischen Betreuung. Nach einer ausgeklügelten Therapie sind sie für den Versand bereit.

»Möchten Sie mit mir kommen?«

Gomba nimmt die Bärin galant am Arm und führt sie zu den Samenbecken mit den Ängstlichen, den Heulsusen, den Asthmatikern, den Anstrengungsvermeidern. Die Bärin leidet mit den Winzlingen, die dem Konkurrenzdruck nicht standhalten, den Depressiven, die keine Lust auf Sex verspüren und den Marottigen.

»Sehen Sie, Verehrteste, das ist Phil – er muss unbedingt diesen extravaganten Irokesenschnitt tragen.«

Gomba seufzt.

»So wird das nichts! Mit dieser ausladenden Haarpracht würde er sofort in der Schleimhaut der Vagina hängen bleiben und da ist dann Endstation.«

Die Bärin versteht. Sie hält ihre Hand ins Becken der Sorgenkinder. Die Spermien schwimmen heran, wirbeln um ihre Finger und kuscheln sich in ihre Daumenfalte. Die Bärin staunt. Die Bärin kann es nicht glauben. Wie liebesbedürftig diese Kleinen sind!

Gomba muss weiter. Gomba ist in Eile. Er hat einen Termin mit Teo. Einen Therapietermin. Die Bärin wird assistieren, die Bärin wird Co-Therapeutin; mit Spermien kennt sie sich aus! Teo ist Stammgast.

»Hallo Teo! Wie geht es dir denn so?«

Gomba fixiert das ängstliche Spermium, das in einem der Extrabecken mit Päppellösung liegt. Wie nicht anders zu erwarten zeigt Teo null Reaktion. Er liegt völlig bewegungslos im Nährbad, die Augen fest geschlossen und fragt sich in jammerndem Singsang, ob sich dieses Leben lohnt.

»Das haben wir gleich!«

Vorsorglich hat Gomba eine Kokosnuss mitgenommen. Spermien lieben Kokosmilch, sie sind völlig verrückt danach, sie müssen in dieser molligen, in dieser samtweichen Kokosmilch baden, es geht gar nicht anders. Die Bärin kann es nicht glauben, aber es funktioniert! Gomba hält die Hälfte einer gefüllten Kokosnussschale in Windrichtung neben Teo.

»Na, wie wäre es? Lust auf ein Wonnebad?«, raunt er. Teo öffnet die Augen und tut so, als ob ihn das alles nichts anginge.

»Mhh! Ohh! Ahh! Oh, là, là!«, schnurrt Gomba wie ein liebestoller Kater, »frisch, fruchtig, frohlockend, tütültüü ü ü!«

Teo, der dachte, er wäre noch immer bewegungslos, schwänzelt wie unabsichtlich in Richtung der Nuss. Als das ängstliche Spermium nahe genug ist, schubst ihn Gomba in die gefüllte Schale.

»So, mein Kleiner, bist du glücklich?«

Teo ist wie ausgewechselt. Er rotiert wie ein Propeller ausgelassen um die eigene Achse, vollführt Hechtsprünge, plustert die Backen und sprüht einen Kokosmilchstrahl in die Luft.

»Würden Sie Teo kurz halten?«

Die Bärin schmilzt. Gomba hält einen Teststreifen in die Lösung, der sich nach kurzer Zeit rot verfärbt.

»Ich werde das Protein in der Ejakulatpäppellösung auf 90 mg/l anheben und Ammoniak könnte ich vielleicht auf 40 mg/l verdoppeln. Vitamin B12 ist sehr wichtig für den Kleinen, ich probiere es mit 0,9 µg/l.«

»Und welchen psychotherapeutischen Behandlungsplan verfolgen Sie?«

Die Bärin platzt vor Neugierde und notiert das Therapiekonzept im Geist für mögliche Wunderverwendungen – Wunder mit psychologischem Unterbau, mit psychologischem Hintergrund, Wunder mit eingebauter Risikominimierung – sicher ist sicher. Gomba überlegt.

»Teo hat Schlafstörungen, er wälzt die ganze Nacht Probleme, der Ärmste. Diese ängstlichen Spermien sind nicht so leicht an die Frau zu bringen. Wir versuchen es zunächst mit systematischer Desensibilisierung und erstellen eine Angsthierarchie. Ganz oben steht natürlich bei den Beziehungsvermeidern die Verschmelzung. Für die Nachtruhe verschreibe ich ihm ein Drittel einer Tablette Trittico. Täglich 25 Minuten progressive Muskelentspannung nach Jacobson oder eine Atemmeditation und jeden zweiten Tag bekommt er eine 50-minütige therapeutische Sitzung. Janis wird jeden Morgen ein kurzes Motivations- und Bewegungstraining mit ihm machen. Ich denke, das klappt!«

Die Bärin ist beeindruckt. Die vielen Eindrücke machen sie müde, sie macht eine Nachmittagsrast. Sie schaukelt in einer Hängematte unter Mangobäumen und versucht ihre Gedanken zu ordnen. Die Eindrücke sind so stark, und über diesen starken Bildern und den vorausfantasierten Wundern, den unermesslichen Wundern in spe, schläft sie ein.

Der Samenselektionssee

Am frühen Abend nimmt Glykys die Bärin mit in die Stadt zu Castor. Sie muss ihr das Abmelksystem in vivo vorführen. So etwas hat die Welt noch nicht gesehen! Das Abmelksystem und die bis ins letzte Detail durchdachte Samenselektion. Den Samenselektionssee, das Prachtstück, das Glanzstück, die ganze Herrlichkeit der Anlage.

Am Fuß der Samengärten von Polybos liegt die 7000 Seelenstadt Kolomannskoje. Hier sind fast alle Männer im Samengeschäft tätig. Geschäftig und tätig. Alles dreht sich um den Samen, den Saft. Erwartungsvoll lassen sich Glykys und die Bärin seitlich auf Castors Bettende nieder. Jede vierte Nacht – drei Tage Karenz sind Voraussetzung für eine gute Samenqualität – legt Castor die Pumpe an, wenn er sich am Abend hinlegt. An diesen Arbeitstagen, den Samennächten, wie sie im Fachjargon heißen, in diesen Nächten schläft seine Frau in einem anderen Zimmer. Wie ein kleiner Mund umschließt die Melkmaschine sein Vögelchen, seinen Samenstab, den Samenstängel. Um Mitternacht geht es los, das Vögelchen erwacht. Glykys und die Bärin sind putzmunter, als die Melkmaschine mit einem leisen Summton anspringt. Castor schläft. Er hat zwei, manchmal drei Pollutionen pro

Nacht. Die künstlichen Lippen, die Apparatlippen, die Maschinenlippen, die Gummilippen, naturecht, gefühlsecht, was sonst – die Lippen beginnen zu saugen, gleichmäßig und kraftvoll pumpen sie seinen Saft – vier bis sechs Milliliter sind es bei jedem Durchgang – in den mit einem eingebauten Kühlmechanismus versehenen Exfusionsbehälter.

Noch vor Sonnenaufgang trägt Castor das Sammelgefäß zur Sammelstelle, zur Samensammelstelle. Ein Pick-up lädt das Ergebnis der Nacht ein, Glykys und die Bärin dazu und bringt sie zum View-Point unterhalb der Samengärten, zum glitzernden, zum funkelnden, zum duftenden Spermienmeer – einem Auffangbecken für Milliarden fortpflanzungsfähiger Keimzellen. Hier findet die Selektion statt. Glykys, berauscht vom Duft und der erhabenen Schönheit des Ortes, ist nicht mehr zu bremsen. Stolz macht sie die Bärin mit dem ultramodernen Selektionssystem bekannt.

»In diesem riesigen See, diesem Samensammelsee, diesem Saftmeer der Männer – es hat ein Fassungsvermögen von 1.200.000 Liter, stell dir das vor – in diesem See gibt es 120 Düsen. Hier findet die Vorselektion statt. Die winzigen Spermien passieren die Filter ungehindert. Alle, die größer als 50 µm sind, werden in ein daneben liegendes Becken geleitet. Nach ihrer Größe werden die Spermien weiter eingeteilt. Auf

Terrasse I tummeln sich die Erleuchteten – First Flush, highest Premiumqualität, prächtigste Luxusgeschöpfe, Spermien mit einer Größe von 67 µm. Auf Terrasse II findest du die Auserwählten – resiliente, edelmuskulöse, motivationsstarke Superschwimmer mit mindestens 65 µm. Auf Terrasse III siehst du die Anbetungswürdigen – gefällige, heitere, kraftstrotzende Durchschnittsintellektuelle mit einer Länge von 64 µm bis 61 µm. Diese Superspermien werden mit einer vitalisierenden Aufbaunährlösung gepusht, sie sind nach einer Woche verkaufsfähig und werden in alle Welt verschickt.«

Glykys holt Atem. Der Bärin bleibt die Luft weg, sie ist ohne Worte, ohne ein einziges Wort, völlig benebelt ist sie. Das Gesehene übertrumpft ihre Fantasie an Leuchtkraft, lässt die künftigen Wunder blässlich erscheinen. Ein seltsames Gefühl ist das, wenn die Realität die Fantasie überflügelt. Glykys merkt nichts vom wortlosen, vom atemlosen Zustand der Bärin, sie ist noch immer bei ihren Samen, bei den Minis ist sie jetzt.

»Hier haben wir es mit einer heterogenen Gruppe von Anstrengungsvermeidern, reaktionären Essensverweigerern, Querdenkern oder hochneurotischen, im Widerstand verharrenden Befruchtungsverweigerern und dem Gros der sozial Ängstlichen, den Zwanghaften, den wenig Beziehungsfähigen oder allgemein blut-arm-schwächelnden Samenzellen zu tun. Sie werden in die Spermienbecken auf Terrasse V geschleust. Hier erfolgt ein psychologisches Screening. Die von toxischen Substanzen Abhängigen, die enthemmt und ziellos im Kreis spiralisierenden Alkoholikerspermien, die nikotindurchtränkten, gelb aufgedunsenen Stinksamen oder die Koffeinjunkies kommen auf Terrasse IIII. Hier erfolgt der Entzug in fruchtbarer Symbiose von Muskelaufbauprogramm, Resilienztraining und – wenn nötig – einer begleitenden psychiatrischen Betreuung. Na, was sagst du zu diesem ausgereiften System?«

Glykys sieht die Bärin erwartungsvoll an.

Die Bärin hat sich rasch von ihrem inneren Durcheinander, von der atemlosen Überwältigung erholt, sie ist begeistert, sie sprudelt, sie gluckst, sie gluckert, Beifallsstürme rieseln von ihren Lippen. Sie ist voll des Lobes, Applaus für Glykys! Sie ist voll der Sympathie für die Samengärten von Polybos.

»Ich wäre glücklich, Glykys, wenn es zu einer Zusammenarbeit kommt, ein Transatlantikprojekt, eine Pipeline, eine Samenpipeline zwischen der Adria und dem Andamanenmeer, eine Adria-Asia-Pipeline zum Austausch von Körperflüssigkeiten.«

Glykys ist angetan vom Vorschlag der Bärin. Dieser

Austausch zwischen den Kulturen ist nach ihrem Geschmack.

Einen Einwand hat die Bärin allerdings. Sie wundert sich. Sie wundert sich ausgiebig. Sie formuliert vorsichtig, um Glykys nicht zu verletzen.

»Es ist alles so clean hier bei euch, so überaus clean. Alles ist perfekt durchorganisiert. Aber, wo bleibt das Vergnügen? Es ist kein Hauch von Sinnlichkeit und Lust zu spüren!«

Sie erzählt der betroppezten Glykys von ihrem Samenbankgeschäftsmodell, von ihrem System, ihrem Vergnügungssystem, von ihren Praktiken, sie erzählt ihr von den tagfrischen Huren und den Hobbyhuren und wie wichtig es in ihrem Business ist, Erlebnisse zu verkaufen. Was wäre eine Urlaubsreise ohne romantisches Tête-à-Tête? Die Touristen kommen und versprühen ihren Saft, kommen in den Händen der Hobbyhuren, wer will sich den künstlichen Lippen einer Melkmaschine überlassen – erdbeerrote, verführerische Servicelippen, echte Hobbyhurenlippen, das ist ein überzeugendes Argument! Die Bärin entwickelt eine Idee, eine neue Idee, die Idee der glücklichen Eizellen und der glücklichen Samenzellen.

»Glykys, deine Samenselektion ist hochprofessionell, aber es fehlt die Wärme, die menschliche Wärme, die Hände, die Münder, die Haut. Unser Ziel muss es sein, glückliche Keimzellen zu verkaufen, im Einklang mit der Natur, der Natur der Lust, verstehst du? Biodiversität vom Feinsten, das wird der Clou!«

Glykys ist erstaunt. Sie ist erstaunt und verlegen.

»Natürlich wäre das ein lukratives Geschäftsmodell, glückliche Spermien zu verkaufen, aber es gibt doch auch Männer, die zurückhaltend sind. Es sind nicht alle so frei, so unbekümmert, so sinnlich. Manche sind scheu, manche sind verklemmt, manche legen gerne selbst Hand an, die mögen keine öffentlichen Orgasmen, aber ihre Spermien sind von guter Qualität. Wir können nicht auf sie verzichten! Es klingt anziehend und ich sehe sie bildlich vor mir, die tagfrischen Huren, die Handarbeiterinnen, die Ehrenamtlichen, die fragen: Oben, unten, vorne, hinten – wie magst du es? Klar, das hat schon was! Aber ich bin nicht sicher, ob sich das mit unserer Logistik verträgt. Außerdem, an manchen Tagen, an hohen Feiertagen gibt es auch in unseren Regionen Lust pur. Übermorgen, am 1. August, am Tag der Priesterin, treffen sich alle Männer im Tempel der anbetungswürdigen Rosa Santos.«

Die Bärin beschließt umgehend, ihren Flug um zwei Tage zu verschieben. Das Tempelfest muss sie sehen!

Die Priesterin – Rosa Santos

Heute ist der Tag der Priesterin! Gomba pflegt sich. Gomba cremt sich. Gomba fassoniert seine Augenbrauen. Perfektes Styling! Im Gehen nimmt er das Granatapfelbäumchen, die Gabe für Rosa Santos, die Gabe für die Priesterin, für den Garten der Verführung. Vor dem Eingang zum Tempel trifft er die Bärin. Sie begleitet ihn. Er sieht gut aus. Er sieht umwerfend gut aus. Die Bärin gerät in Wallungen, in Hitze, in sommerliche Aufrisslaune.

»Die Tropen!«, zwinkert sie.

Gomba legt den Arm um ihre Schulter.

»Vor langer, langer Zeit gab es hier auf der Anhöhe eine Tempelstadt, die um diesen Lotusblütenteich stand. Manche der Kultstätten lassen noch die frühere Pracht erahnen.«

Die Bärin fühlt die Magie des Ortes. Fühlt, dass heute noch etwas Außerordentliches geschehen wird.

»Kommen Sie weiter! Das ist der Tempel der Fruchtbarkeit. Er wirkt verfallen, aber der alte, der uralte Steinaltar, auf dem die rituellen Samenopfer stattfinden, ist bestens erhalten.«

Sie betreten das Innerste, das Heiligste durch einen Blütentunnel. Hier nehmen die Zeremonien für den Fruchtbarkeitskult ihren Anfang. Die beiden zwängen sich durch die Blüten, atmen den frischen, den berauschenden, den betörenden Duft der Balsamien, des Federmohns, der Lyatris, des Hibiskus, der Orchideen. Dunst- und Nebelschleier steigen wie im Regenwald vom Boden auf. Es dampft, es dunstet. In der Säulenhalle ist es dunkel. Langsam erkennt die Bärin die verblassten Fresken und Ornamente an den Wänden, dazwischen an mehreren Stellen die Steinblöcke, so, wie sie bereits seit Jahrhunderten übereinander liegen, nur Sandmörtel hält sie zusammen, dunkel, fast schwarz, grob behauen. Unter der Kuppel ist der Opferplatz. In silbernen Kandelabern brennen tausende Kerzen und erhellen die Szene.

Die Bärin hat Rosa Santos entdeckt. Die Bärin hält sich im Hintergrund. Sie stellt sich zu den anderen Männern, die nach Gomba zur Santos wollen. Die Priesterin ist in bewegter Stimmung. Sie trägt ein scharlachrotes Kleid, an den Handgelenken Schlangenarmbänder, in ihren dunklen Haaren glitzern Swarovski-Kristalle. Ihre Beine sind Kult, ihre Beine sind ein Versprechen an die Lust, diese Beine, ohh, diese ewig langen Beine! Die Männer schmelzen. Die Priesterin sieht sie herausfordernd an. Ihr reingewaschener Blick bleibt an Gomba hängen. Sie küsst ihn auf den Mund und schiebt das Scharlachrote über ihre Hüften, darunter schwarze Spitze im Kontrast zu ihrem kühlen, ihrem glatten, stechendweißen Venushügel. Gomba spürt es, sein Vögelchen erblüht, sein Vögelchen belebt sich, sein Vögelchen plustert sich. Rosa Santos begrüßt es. Sein Vögelchen gibt sich dem Spiel ihrer Hände hin und verströmt seinen Moschusduft, seinen Duft nach roten Kastanienblüten, seinen Vergnügungsduft, seinen Ladylustlippen-unter-dem-Venushügel-öffnet-euch-Duft. Gomba kniet auf dem kalten Steinboden und huldigt der Weiblichkeit der Priesterin, huldigt ihrer Perle, der glänzenden, der feuchten, der bildschönen, der heiligen, der wohlschmeckenden, der vergnügten, der herrlichen, der hervorragenden, der köstlichen, der formvollendeten, der anmutigen Perle. Reiben, rieb, gerieben. Again. Reiben, rieb, gerieben. Again. Reiben, rieb, gerieben. Again. Reiben, rieb, gerieben. Gomba spürt das Pochen ihres Pulses, das Pochen ihrer Lust. Die Priesterin drückt ihn auf den Altar, den eisigen Altarstein, ringsum die Hitze und das gleißende Licht, der Duft von tausenden Blüten, alle Sinne sind geschärft. Treiben, trieb, getrieben. Again. Treiben, trieb, getrieben. Again. Treiben, trieb, getrieben. Gomba erhebt sich benommen. Rosa Santos hockt sich über eine kleine Messingschale, die den Saft auffängt, der aus ihr fließt. Gombas Saft. Er nimmt die Schale. Zwei Tempeljünglinge überreichen ihm ein Lotosblütenblatt, auf dem ein Papyrussegel gespannt ist. Die Bärin nimmt ihm die Schale ab. Niemand spricht. Draußen setzen sie sich auf die Stufen, die bis ans Wasser des Tempelteiches reichen. Gomba stellt ein Teelicht und die Samenschale auf das Blatt und lässt seine Opfergabe ins Wasser. Seine Lobpreisung auf die Fruchtbarkeit der Frauen gerät in Bewegung, gewinnt an Fahrt und reiht sich in das Meer der Samenschiffchen, die bereits auf dem Teich schwimmen. Die Dämmerung bricht hervor und in der Dunkelheit tanzen die Lichter auf der Wasseroberfläche wie Sterne, die ein erfrischendes Bad nehmen. Die Bärin ist bezaubert. Jeder Mann von Kolomannskoje kommt einmal in seinem Leben mit der hohen Priesterin zusammen. Alle anderen, die kommen um den Fruchtbarkeitskult zu feiern, alle anderen kommen zu den Tempelmädchen, sie kommen um ihr Opfer zu bringen. Der Ort ist erfüllt von keimzellengeschwängerter Luft, vom Duwidubidubidu, der Lust, von überall her wehen die Stimmen zum Teich, ein Lachen in jedem Busch.

Lange nach Mitternacht machen sich Gomba und die Bärin auf den Weg zurück. Die Bärin ist hellwach. Die Bärin ist aufgekratzt, sie ist schubidubidu, sie will Gomba verführen. Und Gomba? Will verführt werden! Flugs verfängt er sich in ihrem Blick. Die Bärin beginnt den Reigen.

»Oben, unten, vorne, hinten, wie magst du es am liebsten?«

Die Bärin führt seine Hände, führt sein Vögelchen an die Orte ihrer Sehnsucht, an die Orte seiner Sehnsucht. Als die Bärin denkt, das Vögelchen wird nun müde sein, als sie ihre Entspannungsreaktion einleitet, spürt sie wieder Gombas Hände.

»Und jetzt zur glücklichen Eizelle!«

Die Bärin bekommt einen Vorgeschmack, bekommt Geschmack an einem neuen Geschäftsmodell. Sie kichert wie eine Pubertierende. Sie lässt sich gehen. Die Bärin japst und jauchzt. Die Bärin genießt.

»Sooo good!«, keucht sie, so weich und gelöst unter dem Nabel, so licht und leicht.

Später, als die Entspannungsreaktion dran ist, liegt sie am Rücken. Sie liegt am Rücken und träumt mit offenen Augen. Sie träumt von einem Zungensofa – samtweich, soft, so soft. Eine Zungensofakolonie mitten am Strand in der Lagune am Mittelmeer. Eine Zungensofakolonie mit lackroten Sonnenschirmen. Ein Meer von Zungensofas. Eine Meerzunge mit Zungensofas für die feuchten Femmes. Das Zungensofa – der direkte Weg zur glücklichen Eizelle!

Rettet den Busch

Die Bärin ist wieder zurück in der Lagune. Mit Gomba! Mit Gomba plant sie. Mit Gomba plant sie gerade die Zungensofakolonie, die Asia-Adria-Samenpipeline zum Austausch von Körperflüssigkeiten, und sie plant die Wunderfabrik, die Wirtschaftswunderfabrik in der Lagune. Zwischenzeitlich fragt sie sich, was eine Lovestory, was dieser Sehnsuchtsfilm, den sie im Moment durchlebt, in einem Buch wie diesem zu suchen hat, aber, was soll's! Sie hält es mit der romantischen Meerhure. Sie ist offen für alles, offen für alle, offen für einen, offen für den Einen! An den planungsfreien Tagen geht sie mit Gomba an den Strand.

»Schau, eine Neueröffnung! Rettet den Busch!«

Armelle hat sich eine Sanddüne geschnappt, eine Wandersanddüne. Sie hat sich einfach eine Düne besorgt!

»Biblisch«, sagt die Bärin.

»Betriebswirtschaftlich gedacht«, sagt Gomba.

Die Wanderer, die Strandwanderer, die die Sanddüne, die Wandersanddüne, die Wandersanddüne für Dünenwanderer emporsteigen, zwecks tollem Blick über die Lagune, die Wanderer erblicken Armelle. Die Debütantin Armelle. Armelle hat Courage. Courage und Fantasie. Am Kamm der Düne hat sie eröffnet.

Auf einem kleinen Perser im Sand. Wüstensander-
probt! Ein Perserteppich und darauf Armelle. Die Beine geöffnet liegt sie da, auf dem Teppich im Sand,
und empfängt die Wanderer, die durstigen Wanderer.
Die Beine sind das Empfangskomitee, die Beine sind
die Säulenhalle, das Atrium. Zwischen ihren Beinen
fühlen sie sich zu Hause. Zwischen ihren Beinen ist
der Zufluchtsort. Zwischen ihren Beinen ist der Zugang zu allen Freuden. Hier genießen sie das Gipfel-
glück. Sie öffnet ihr Portal, ihr Heiligtum, hinein in
den Sakralraum der Lust! Die Männer kommen, und
während sie kommen erzählen sie Armelle ihre Geschichten. Sie empfängt sie wie eine Vertraute. Die
Wanderer kommen von weit her um Armelle zu sehen, um dem Ort unter Armelles rotem Busch einen
Besuch abzustatten.

»Seht, seht, ein roter Busch! Rettet den Busch! Rettet den roten Busch!«, raunen die Einkehrer, die Zu-
kehrer, die Zurückkehrer, die Heimkehrer, die Um-
kehrer, die Wiederkehrer.

Alle kommen sie zu Armelle. Zu Armelle mit dem
roten Busch. Armelle lässt keine Schamhaarfrisöse
ran! Sie macht die Moden nicht mit. Schamhaarfashi-
on? Never! Sie liebt ihren dauergelockten Busch.
Morgens kommen die frischen Huren aus der Lagune
und wollen sie überreden, reden ihr zu:

»Armelle, ein neuer Look ist angesagt! Brazilian Waxing! Such dir ein Motiv aus!«

Armelle schüttelt den Kopf. Armelle bürstet ihren Busch. Sie bürstet ihren Busch täglich, das feste Haar, sie dreht die Locken über ihre Finger. Sie liebt ihren roten Busch. Jeder soll ihn sehen! Wie eine rote Koralle hebt er sich ab, von ihrer mokkagebräunten Haut.

»Das musst du sehen, ihr Busch ist natur!«, erzählen sich die Weitwanderer.

Naturrot. Feuerrot, ein brennender Busch. Sie ist heiß.

Armelle, die Sanddüne und das Gefühl nach Hause zu kommen, lässt die Männer immer wieder kommen. Oben, unten, vorne, hinten und der Busch ist immer mit dabei. Der Busch leuchtet und duftet. Das ist Haarapeal. Schamhaarapeal. Der Busch macht sich bezahlt. Die Bilanz stimmt! Alles betriebswirtschaftlich durchdacht und durchgerechnet.

Unterhalb der Sanddüne steht ein Stelzenhaus. Ein Stelzenhaus mit Meeresblick. Mit Blick bis auf den arktischen Samenberg. Dort wohnt der Lieblingsschmuser, der Sohn der romantischen Meerhure. Der romantische Lieblingsschmuser. Die Meerhure wäre stolz auf ihn, den Lieblingsschmuser der Lagunenfrauen, der Stadtfrauen. Er ist neu im Geschäft. Ja, ja, die Gene! Das Vorbild! Er flaniert am Wasser entlang.

Kommt ihm eine entgegen, schwuppdiwupp, schürzt er die Lippen, die vollen, die geschmeidigen, die schneidigen Schmuselippen.

»Oben, unten, vorne, hinten? Ich schmus dich, schmus dich wohin du willst, feuchte Femme. Wo magst du es am liebsten?«

Die Frauen fliegen auf den Lieblingsschmuser, fliegen auf seine Balzgesänge und sie werfen sich in seine Arme. Uiiii, dieses Temperament, juiiii, dieses Geschick, duwibubidu, diese Wonnen! Der Lieblingsschmuser liebt die feuchten Femmes, liebt ihren Saft, den Frauensaft, und die Frauen lieben seine Lippen, seine Schmuselippen. Duwibubidu, noch einmal, noch einmal duwibubidu! Die alte Onda treibt es am eifrigsten, täglich trifft sie ihn auf ihren Strandspaziergängen. Fünf, sechs, sieben Mal am Tag und dann noch einmal buwidu! Sie kommt am Gehstock, die alte Onda, die uralte Onda.

Manchmal bespringt der Lieblingsschmuser die feuchten Femmes. Wie ein Böcklein bespringt er sie. Diese Freudensprünge!

»Stoß dir die Hörner ab!«, lachen die Femmes und genießen. »Buwidu, du, du, du!«

Der Lieblingsschmuser ergötzt sich am Duft der Schrittfeuchten, er wittert ihre Lust, inhaliert ihren Duft, ihr Mandelmarzipanbukett, er schnuppert, bläht seine Nasenflügel, seine Flimmerhärchen beben vor Vergnügen, wenn er die lustbringende Melange zwischen ihren Schenkeln trinkt. Er atmet ihren Geruch wie ein Versprechen. Noch einmal duwibubidu, noch einmal. Wie ein Windhauch fährt er über sie, wie ein Windspiel.

Gerade steht der Lieblingsschmuser vor Armelle, der Debütantin mit dem roten Busch. So wie sie augenblicks vor ihm liegt, hat er sie vorgefunden. Jetzt muss er nur noch zu ihr hinfinden, in sie hineinfinden. Wer verführt wen? Verführerin, Verführer, Verführte, Verführter. Die Nacht ist sternenklar. Neun Monate später erblicken zwei entzückende, zwei artige Hurenkinder das Licht der Lagune.

»Aus den beiden wird einmal etwas werden«, befinden die frischen Huren. »Die beiden haben Zukunft, sie haben Voraussetzungen, das ist wissenschaftlich erwiesen. Bei diesen Vorbildern! Bei diesen Genen!«

Die Kommissarin

Achtung, die Kommissarin kommt! Wie die Bora fegt die Kommissarin durch die Gänge des Amtshauses. Alle stehen stramm, wenn sie kommt, stramm steht er ihnen. Stramm steht er in die Luft, die Zugluft, die Bora.

»Na, das wird aber Zeit, mein Lieber! In die Höhe mit dem Vögelchen, in die Höhe!«
Die Kommissarin ist von der Hygiene. Sie leitet das Department für Körpersäfte, Fruchtbarkeit und Frohsinn. Sie verwaltet die Fruchtbarkeit, sie verwaltet die Körpersäfte, sie achtet auf die Hygiene, die Hügenie. Sie führt Buch. Sie klassifiziert. Sie kategorisiert.

Die Männer werden vermessen. Mit Zirkel und Schublehre werden die Vögelchen vermessen. Die Kommissarin mustert, prüft und kontrolliert. Die Kommissarin inspiziert und zeichnet auf, das Erscheinungsbild zeichnet sie auf – oben, unten, vorne, hinten und Foto! Das Vögelchen wird archiviert, abgelegt, in einen Ordner gelegt. Sie vermerkt Längenwachstum, Symmetrie, Farbe, Duft, Ausdehnung, Standfestigkeit, Reaktionsvermögen, Kuschelfaktor, Genussfähigkeit. Sie wiegt sie in den Händen, wiegt sie, ist ihnen gewogen, den Vögelchen, allen gewogen.

»Sauber, sauber!«

Eine saubere Sache. Sie ist von der Hygiene, der Hügenie.

Die Männer kommen einmal im Monat und öffnen ihre Hosen. Die Kommissarin prüft die Entwicklung, das Potenzial, sie führt Statistiken und wertet sie aus, wertfrei. Sie liebt alle Vögelchen, wertfrei. Sie liebt ihre Arbeit. Sie ist Kommissarin aus Leidenschaft, eine leidenschaftliche Kommissarin ist sie. Sie wirft Blicke, betastet, befühlt. Sie berät persönlich. Sie ist die Großmut der Bürokratie. Mit liebevoller Strenge, mit fester Hand, mit Nachdruck. Die Scheuen wärmt sie an, die ermuntert sie.

»Komm, Vögelchen, zeig mir deine Pracht!«

Unter dem Schreibtisch hat sie eine Flasche Bourbon, das hilft fast immer.

»Ein Gläschen für dich, eines für mich und eines für dein Vögelchen.«

Das Vögelchen belebt sich rasch. Es belebt sich und erhebt sich. Belebt erhebt es sich.

»Jetzt zeig mir, was du kannst!«

Bei manchen tut der Bourbon keine Wirkung, die leitet die Kommissarin an.

»Ich zeige es dir!«

Mit Bedienungsanleitung. Mit Bedienungshandbuch in der Hand. In der einen Hand hält sie das Bedienungshandbuch, in der anderen Hand hält sie das Vögelchen. Sie weist hin, sie weist ihn ein, oben, unten, vorne, hinten. Die Kommissarin instruiert und belehrt, sie ist gütig und hilft, wo sie kann.

»Sauber, sauber!«

Qualität und Normen. Sie hat Qualitätsziele. Sie führt Listen, sie schreibt Hinweise.

Dann der Reality Check, der Lokalaugenschein, die Vor-Ort-Kontrolle. Alle Männer müssen auf die Liege, auf die Untersuchungsliege. Die Kommissarin haftet für die Ergebnisse. Es muss sein. Es soll sein. Sie will das so. Sie ist die Buchhalterin der Körpersäfte. Zuerst fühlt sie den Puls der Vögelchen, den Herzschlag, die Geschwindigkeit, die Standgeschwindigkeit. Die Jungspunde sind in zwei Sekunden auf hundert, die Forties brauchen bald eine Minute und die Alten sind erst auf Kurs, wenn sie mit Faire-Minette nachhilft. Dann geht es los! Sie nimmt alle Vögelchen auf. Funktions Check in Echtzeit. Gleitfähigkeit? Läuft der Spermaspringbrunnen? Auswurfgeschwindigkeit? Sie protokolliert den Fühlfaktor und den Nachfühlfaktor, den Hinterhergenuss, ihren Hinterhergenuss samt Entspannungsreaktion. Akribisch notiert sie ihre Erhebungen, seine Erhebungen, den Erhebungsfaktor des Vögelchens. Eingangs- und Endkontrolle. Für jedes Vögelchen werden Verlaufskurven angelegt. Gewissenhaft führt sie Buch. Jedes Formular wird frisch gestempelt, dann erst kommt der Befund der getesteten Vögelchen zu den Akten.

Serpentina und Signora Soleil

Serpentina und Signora Soleil sind Schwestern. Sie betreiben ein Etablissement am äußersten Ende der Landzunge, die ins Meer hinausragt. Signora Soleil lehnt barbusig, mit dem Feldstecher in der Hand, aus dem Fenster. Sieht sie einen, ruft sie ihn herein. Ist einer drinnen, sieht er zuallererst Serpentina. Die verheißungsvolle Serpentina! Schau sie dir an! Kurven soweit das Auge reicht! Selbst vom Nachbarort kommen die Fischer um sich zu überzeugen, nicht zeugen, überzeugen wollen sie sich von den Kurven der Verheißungsvollen. Oh, welch meisterhafte Inszenierung! Serpentina liegt malerisch auf das Sofa drapiert, jede Kurve mit Geschick in Szene gesetzt, ausgeleuchtet, wie am Set. Signora Soleil kümmert sich um das Drumherum, sie führt Regie. Ohne Signora Soleil wäre Serpentina nicht für dieses Geschäft geschaffen. Für kein Geschäft geschaffen, sie ist zu verträumt. Doch die Vorzüge ihres Körpers und die vorzügliche Planung ihrer Schwester sichern ihr ein gutes Einkommen, ein gutes Auskommen. Ihnen kommt keiner aus. Jeder, der kommt, zahlt auf ihr Konto ein. Der Kontostand wächst. Der Kontostand wächst mit jedem Vögelchen in ihren Händen.

Serpentina ist verträumt, eine Traumtänzerin, eine

Sternenguckerin ist sie, die sich nach der Romantik eines 50 Cent Romans sehnt. Am liebsten liegt sie auf dem Sofa. Sie räkelt sich, sie erfindet Geschichten, lässt vor ihrem inneren Auge einen Film ablaufen, eine Perlenparade, eine Schwanzparade. Alle Männer, die kommen, notiert sie im Geiste, dann lässt sie ihre Vögelchen vorüberziehen. Es ist ein Spiel! Die kleinen Vögelchen, die großen, die dicken, die dünnen, die windschiefen, die sich nach obenhin verjüngenden, die Luxusobjekte, die abgehausten. Dabei reibt sie sich ein bisschen. Träumen und ein bisschen reiben, mehr braucht sie nicht. Die verheißungsvolle Serpentina liebt Frauen und Männer, und sie liebt ihre Schwester.

Serpentina ist der Lockvogel. Die feuchten Femmes und die Fischer kommen und bleiben in der Türe stehen. Sie beobachten Serpentina, die träumende Serpentina. Wenn sie sich an ihren Kurven satt gesehen haben, wirft sich Signora Soleil zu Serpentina auf das Sofa. Mitten hinein auf das Sofa, hinein in Serpentina. Sie reibt sie, nimmt sie so lange her, bis Serpentina wach ist, aufgeschreckt aus ihren Träumen. Signora Soleil liebt ihre Schwester. Es ist ein berauschendes Schauspiel. Die beiden Schwestern lieben dieses rauschende Spiel, dieses Vorspiel. Wie ein Echo übertragen sich die spitzen Schreie Serpentinas und finden ihren Widerhall zwischen Signora Soleils Beinen, lassen ihren Saft, ihren süßen Saft hervorsprudeln. Dann kommen die feuchten Femmes dran und die Fischer. Signora Soleil drückt sie auf das Sofa, sie versinken in den Kurven von Serpentina und kaum haben sie es sich versehen, kaum tauchen sie aus den Kurven auf, um etwas Atem zu schöpfen, bespringt sie Signora Soleil. Oben, unten, vorne, hinten, vier Hände, vier Beine, Signora Soleil ist hot! Hothot! Unten liegt die weiche, die nachgiebige, die sanfte und verheißungsvolle Serpentina, darauf ein Fischer, oben Signora Soleil. Eine Ménage-à-trois, ein Sandwich, hach, diese Köstlichkeiten! Ach, wie sie munden! Signora Soleil legt Hand an die Vögelchen. Anlegeplatz, Handanlegeplatz. Sie sind ihr Ankerplatz, da bleibt sie. Serpentina nimmt die feuchten Femmes, taucht ein in sie wie in einen neuen Film, ihre sanfte Zunge bringt Frohsinn, sie ist naschhaft wie ein kleines Kätzchen, sie liebt die Frauen, die Frauen aus der Lagune. Sie duften nach Seegras und salziger Meeresbrise. Sie liebt ihre Perlen, liebt ihren Saft und ihre pulsenden Lippen, Lustlippen, sie liebt Lippenlust und das Fleisch, das Fruchfleisch, das süße und den süßen Saft, den süßen Frauensaft, süß wie Limonade und klebrig, klebrigsüß. An den roten Perlen der Femmes leckt sie, rot wie Granatäpfel, reif, zart und duftig wie Feigen. Sie liebt ihre Hintern, ihre drallen, weißen Mondkugeln. Diese Leckerein! Diese fruchtigen Femmes, so fruchbar, die Fruchtbar, die Bar zwischen den Beinen, mangosüß. Serpentina leckt sie genussvoll, leckt sich genussvoll über die Lippen, den Himmel im Gaumen. Serpentina ist eine Naschkatze.

Drinnen ist es warm, bei den Schwestern, in den Schwestern, in den feuchten Frauen, in den Fischern, draußen prasseln die salzigen Winde an die Mauer, hinterlassen Spuren, drinnen hinterlassen die Männer ihre Spuren, abwechselnd, zuerst die eine Schwester, danach die andere, nur keinen Familienzwist heraufbeschwören!

Signora Soleil liebt das Meer wegen seiner Stürme. Sie liebt die Böen, die das Wasser in die Lagune treiben, die Gischt, die einen hauchfeinen Salzfilm auf der Mole hinterlässt. Signora Soleil ist eine Naturgewalt. Alles ist natur, alles ist gewaltig. Signora Soleil ist ein Taifun. Signora Soleil ist hot und sie ist launisch wie das Meer und erfrischend, so wunderbar erfrischend, und sie ist energisch. Sie nimmt die Fischer im Sturm, wie der heiße Scirocco, wie der Gecale fegt sie über sie hinweg. Signora Soleil kennt alle Raffinessen. Sie kennt alle Geheimnisse. Die Fischer lieben sie. Die Fischer lieben die beiden.

»Kommt, gehen wir zu den Schwestern!«, rufen die

Fischer aus der Lagune ausgelassen und heißblütig.

»Kommt, gehen wir zu den Schwestern!«, rufen die feuchten Femmes, die lieblichen Frauen einander zu.

Die Schwestern treiben es mit allen. Sie reiben die Frauen, bis sie brummen, bis sie brummen und summen, duwiduwidu. Serpentina leckt sie zum Crescendo empor, bis die Töne schlingern, bis sie in ein tiefes Gurren auslaufen, weiter, weiter, bis sie verebben, nur um kurz darauf wieder aufzuflackern. Serpentina lässt ihre Zunge spielen. Alle Frauen kommen, die Hobbyhuren, die Sonntagshuren, die Frauen aus der Stadt. Alle machen die Beine breit und lassen sich bedienen. Von der verheißungsvollen Serpentina, von ihren verträumten Händen, die mit schlafwandlerischer Sicherheit jeden Lustpunkt finden. Bedienung mit Genussfaktor. Es summt und brummt im ganzen Haus. Im Haus der Schwestern.

Banjolo,
Eizellenamme und Leuchtturmwärter

Banjolo, der strahlende Banjolo, ist Leuchtturmwärter auf Polakruscha. Das Logbuch führt er mit peinlicher Genauigkeit. Es gibt hier nichts außer Sonne, Meer und Eizellen. Das Wasser ist klar wie Grappa. Auf seinem Leuchtturm hat er alles im Blick. Er kennt alle Fischer und er kennt alle Frauen. Die Frauen aus der Lagune kommen zu ihm. Sie kommen zur Eibläschen-absaugung. Hinter dem Leuchtturm ist ein Garten am Rande des Meeres, der Eizellengarten, ein Garten Eden mitten im Meer. Die Gischt treibt die würzige Luft hinauf zu den Pinien. Im Schatten der Bäume bettet Banjolo die abgesaugten Eizellen, die süßen Eibläschen in die Blüten der Callas. Diese Blütenkelche ähneln in Form, Ästhetik und Dufterleben den Eierstöcken der Eizellenspenderinnen. Callas, eizellengefüllte Callas. Eizellen auf Federbetten, gebettet in den Duft der Blüten. Die Frauen geben ihre Eizellen in die Obhut des Leuchtturmwärters. Sie geben sie zur Kur, sie geben sie zur Pflege. Erholungsurlaub für die Eibläschen! Der Leuchtturmwärter ist Gärtner im Hauptberuf, den Leuchtturm betreibt er nebenbei. Er ist Eizellengärtner mit Leib und Seele. Er ist in der Vermehrung tätig. Er trägt Sorge für die Eibläschen, die

Eizellen, er nimmt sich ihrer an, wie eine Amme wiegt er sie in seinen Händen, umsorgt er sie. Viele der Frauen geben ihm die Eizellen in Kommission, bieten sie zum Verkauf an. Die bringt er in einen anderen Teil des Gartens, damit es zu keinen Verwechslungen kommt. Gleich beim Haus stehen die Eierstöcke, geschützt, unter einer Pergola im Schatten. Das herzhafte Klima auf diesem Außenposten im Meer lässt die Eizellen wunderbar gedeihen. Banjolo liebt die Eizellen. Er liebt ihre Poesie. Hunderte Kosenamen hat er für sie. Abends geht er hinauf ins Turmzimmer, setzt sich ans Fenster, häkelt ihnen weiche Angoradecken, polstert sie mit Federn, mit den Federn der Lachmöwen, polstert sie mit Daunen; sibirische Daunen lässt er kommen, damit sie es warm haben, seine Kleinen. Er bettet sie in Flaumwolle wie Adlerküken hoch im Horst. Manche wickelt er in Steckkissen aus purpurroter Seide. Mit Kamillenblüten deckt er sie zu. Den lichten Schatten mögen sie am liebsten. Später singt er sie in den Schlaf, und des Morgens singt er wieder für sie, singt ihnen Lieder um sie bei guter Laune zu halten und die Eizellen kugeln sich über die Späße, die er mit ihnen treibt.

Heute kommt die Bärin zur Eibläschenabnahme. Ein bisschen Urlaub für die Keimzellen. Sie gönnt ihnen was! Glückliche Eizellen! Da können ihre Kleinen an der frischen Luft ovulieren, in der würzigen Brise, der Meeresbrise. Eingehüllt in einen Mantel aus Salz, frisch und feucht in den Wellen, in der Brandung. Der Leuchtturmwärter bereitet ihnen ein Bad, ein Schaumbad, ein Meerschaumbad. Er bindet die Eizellen der Bärin an einen Pfahl im Wasser. Wie Miesmuscheln hängen sie am Stock, das eine Ende im seichten Wasser. Wie Trauben in einem Netz wogen die Eizellen über dem Wasser, wogen im Wind, im Windhauch, im salzigen, pudelnass relaxen sie. Banjolo ist der Hüter ihres Paradieses.

Die Bärin kommt mit Banjolo ins Reden. Sie reden und sie reden und am Ende des Tages steht ein Entschluss fest. Ein Kooperationsvertrag. Banjolo steigt bei der Bärin ein. Er wird Teilhaber. Wird teilhaben an den Wundern in der Fabrik. Künftig beliefert er die Bärin mit Eizellen. Mit glücklichen Eizellen aus seinem Garten.

Sie eröffnen einen Shop. Einen Keimzellenverkauf. Zur Shoperöffnung reist Glykys an. Glykys möchte auch ins Eizellengeschäft einsteigen. In der Hauptstraße der Lagune eröffnen sie. Der Flagstore hat große Auslagen, damit die Auslegeware perfekt rüberkommt. Über dem Eingang blinkt in Neon ›Die glücklichen Keimzellen‹. Neben dem Schriftzug ist das Bild einer singenden, einer lachenden Eizelle und eines tanzenden Spermiums zu sehen. Die Auslage ist ein Augenschmaus. Die Auslage hat ein Stimmungsdesigner aus der Stadt entworfen. Winterwonder am Mittelmeer. Eine Winterwonderlandschaft wie aus dem Bilderbuch. Eis und Schnee wohin das Auge reicht! Gut gekühlte Spermien, Spermien mit russischen Fellkappen, mit Bärenfellmützen, mit Mützen, wie sie die Haubentaucher in der Lagune tragen. Spermien in Nährlösung, in Rexgläschen mit Päppellösung, in bunten Bechern wie Cupcakes zum Löffeln. In der Auslage daneben wird es tropisch. Körperwarm gehaltene, frisch abgesaugte, glückliche Eizellen. Eizellen, in weiche Pelze gehüllt, in Federnestern oder in glitzernden, beheizten Schälchen.

»Sie möchten sie en gros? An wie viele Stöcke haben Sie gedacht?«

Für alle etwas. Etwas zum Aussuchen.

»Wie viel hätten Sie denn gerne, gnä' Frau? Einen Mokkalöffel von den First Flush Spermien! Bitte gleich. Bitte sofort. Bitte gerne. 6 ml? Darf's ein bisserl mehr sein? Für den Herrn eine Eizelle in zartrosa und eine in lachs. In creme hätten wir heute auch welche da. Neu eingetroffen, mit Zertifikat, mit Verschmelzungsgarantie. Gleich zum Mitnehmen in der Frischhaltebox? Kommt sofort, der Herr!«

Auch die Kommissarin kommt sofort. Sie stattet

dem Betrieb einen Besuch ab. Sie ist von der Hygiene! Wird der Gefrierpunkt für Kryokonservierung erreicht? Gibt es ein Qualitätshandbuch? Eine Qualitätskontrolle, eine Lieferantenbewertung für die hereinkommenden Keimzellen? Sie überprüft die Lagerhaltung.

»Und wie sieht es mit den Spendern aus? Haben sie ein Gesundheitszeugnis beigebracht?«

Die Kommissarin begutacht. Sie testet. Sie macht sich Notizen. Die Kommissarin ruft ein neues Department ins Leben, beruft eine Kommission ein, die über die gewerbliche Nutzung von Keimzellen berät. Eine Kommission, die sich mit den rechtlichen Bestimmungen, den unzähligen Möglichkeiten der Fortpflanzung, der Körpersaftverwertung und der Eizellenpflege beschäftigt. Zuallererst wird die Mutter- und Vaterschaft abgeschafft. In Hinkunft wird es nur mehr Erziehungsberechtigte geben. Mütter und Väter sind passé. Das war einmal! Das ist Schnee von gestern! Das ist Steinzeit!

Die Kommissarin besichtigt natürlich auch die Eierstockkolonien in der Strömung, dann zeigt ihr die Bärin den neuesten Clou. Im schattigsten Teil des Gartens, beim Leuchtturm, hat sie mit Banjolo, dem strahlenden Banjolo, ein neues Beet angelegt, ein neues Callabeet mit vielen frischetransfergeeigneten Eizellen. Frauenwarme Eizellen für den Sofortgebrauch, ohne Zwischenkonservierung, ohne Tiefkühlung. Die abgesaugten Eizellen werden wie gehabt in die Blütenkelche gebettet. Sie schmiegen sich an die duftenden Blätter, alles wie gehabt.

»Aber jetzt, aber jetzt, fruchtbare Frau Kommissarin. Sehen Sie sich das an! Damit die Eizellen in den kälter werdenden Nächten nicht auskühlen und wir trotzdem eine Haltbarkeit von mindestens vier Tagen garantieren können, werden sie von Lachmöwen bebrütet. Wir arbeiten nicht mit Maschinen, mit Brutmaschinen. Wir arbeiten hier mit natürlichen Ressourcen, umweltschonend. Wir arbeiten nach ökologischen Prinzipien, nachhaltig, mit Körperwärme, mit Federwärme. Wir arbeiten mit Lachmöwen. Das garantiert Frohsinn! Das garantiert glückliche, fröhliche Eizellen!«

Die Bärin ist im Fieber. Ihr Busen schwebt vor Stolz.

William, die Bordsteinschwalbe

Bei der Hafeneinfahrt, im Schatten der großen Dampfer, stehen die Bordsteinschwalben und warten auf Kundschaft. Der Fischkutter Virginia rostet malerisch im seichten Wasser dahin. Mit diesem Namen war ihm in der Bucht keine Zukunft beschieden. William ist die beliebteste Bordsteinschwalbe und der beliebteste Frischsamenspender. Er wird gerne gebucht. Er ist gesucht und gebucht, der willige William. William will es. William tut es. William tut es gut, so gut!

In den frühen Morgenstunden schieben die Fischhändlerinnen in der Hafeneinfahrt ihre Karren vor sich her. Wenn sie William sehen, halten sie an. Beflissen schlüpfen sie aus dem Gewand. Donnerwetter! Goldgräberstimmung! Schatzsuche! Was es da alles zu entdecken gibt. William liebt das vertikale Lächeln der Femmes. Wie ein Klavierspieler entlockt er ihnen neue Töne, neue Melodien, studiert die Partitur ihrer Körper. William ist wundervoll. William ist erste Wahl! Er ist glanzvoll und dabei bescheiden, er versüßt ihnen den Weg in die nächste Bucht, verkürzt ihnen den Weg zur Zungensofakolonie, den Weg zu den Likkas und Likkos. William hat sie am Gängelband der Lust. Er legt sie ins weiche Seegras und besorgt es ihnen – oben, unten, vorne, hinten. William sorgt für ihren Morning-Flow, ihren Before-Work-Flow! So good, dieser sinnliche Start in den Tag. Die Femmes sind völlig verrückt nach Williams sanfter, rauer Zunge, seiner sanften, rauen Stimme, seinen sanften, rauen Händen und nach Williams Vögelchen. Williams Vögelchen ist temperamentvoll und voller Tatendrang. Das Vögelchen ist immer auf der Suche. Gibt es einmal eine Pause, eine erzwungene Pause, reicht schon ein flüchtiger Gedanke, ein kurzer Trailer in Williams Kopfkino und das Vögelchen erwacht, drängt sich oben aus der Hose.

»Wo sind die prächtigen Femmes? Wo? Wo?«

Das Vögelchen ist immer bereit, hält sich bereit für alle Eventualitäten, es verbreitet Frohsinn. Endlich kommt eine und hält an, anhalten ja, aber an sich halten? Doch nicht bei Williams Vögelchen! William tut es, und er tut es gut, es tut so gut, so gut! Einmal noch! Sein Vögelchen wird nicht müde. Again! Again! Er besorgt es ihnen allen. William ist der Star unter den Bordsteinschwalben, der Star unter den Samenspendern, er ist ein Tausendsassa.

»Der hat ein Standing! Der hat ein Timing! Der hat ein Finish! Das ist Seligkeit! Diese süßen Empfindungen und dieses Nachspiel«, flüstern die Femmes und legen sich ins Seegras, der Reihe nach ins Seegras und William tut es. Er tut es mit ihr und er tut es mit dir.

Ja, du bist gemeint, geneigte Leserin! Schubibubidu! Schubibubi du, ja du!

»Again! Oh Baby, tu es!«

Das Vögelchen plustert sich, das Vögelchen setzt zum Höhenflug an. Williams munteres, stürmisches Vögelchen ist für alle Lustbarkeiten zu haben. Es passt sich an, formvollendet. Diese Passform! Es passt überall hinein, mühelos. Es ist für alle da! Jetzt du, schubidubidu! William ist ein Virtuose, ein Meister, er ist der ideale Kurzzeitgeliebte.

»Da capo! Da capo!«, rufen die Frauen.

Like, licked, geliked. Williams Vögelchen hat die meisten Likes. Es hat eine besondere Begabung zu gefallen. Deshalb ist William auch Samenspender. Manche Frauen bevorzugen Frischsamenspender, Tiefkühlkost stehen sie skeptisch gegenüber. Sein Vögelchen fühlt die Wichtigkeit der Angelegenheit. Nur deshalb erträgt es die dreitägige Karenz. William ist Perfektionist! Perfektionist mit Charme. Frischsamen mit Charme! Hat eine der gemieteten Femmes, der gemieteten Babyboomerinnen oder die zuvor ausgesuchte Sonntagshure einen Eisprung, schreitet er zur Tat. Er tut es. Er tut es mit ganzer Leidenschaft und er tut es alleine. Konzentration! Er zieht sich in eine der Umkleidekabinen am Strand zurück. Im Geiste lässt er die feuchten Femmes und ihre glänzenden Perlen vorüberziehen. Perlen über Perlen, glänzende Perlen, Perlenketten. Sein karenziertes Vögelchen gerät in Schwung, gerät in Ekstase, überschlägt sich vor Eifer und Pflichtbewusstsein. Nur das Beste ist gut genug! Sorgsam und gewissenhaft entfaltet es sein kreatives Potenzial und pumpt 8 ml in das Glas! 8 ml allerbeste Samenqualität. Im Aroma fein, mild und blumig. First Flush, biopur, isozertifizierter Premiumsamen, der alle WHO-Kriterien erfüllt, füllt das Glas. Zuversichtlich überreicht William die Sektflöte mit dem Stoff, aus dem die Träume sind, der Bärin. Diese füllt die Babyboomerin. Füllt sie ab, mit glücklichem, körperwarmen Sperma. Glückliches Spermium trifft glückliche Eizelle. Aus glückliche Keimzellen werden glückliche Babys, so einfach ist das. Das ist kinderleicht! Die Rechnung ist einfach. Die Rechnung geht auf.

Zedine, die Sonntagshure

Die Sonntagshuren bieten mit Vorliebe ihre Dienste als Babyboomerinnen an. Die Sonntagshuren haben unter der Woche einen Job, einen Wochentagsjob. Sie sind Journalistinnen, Professorinnen, Fischverkäuferinnen, Kaffeerösterinnen oder Bibliothekarinnen. An den freien Wochenenden gehen sie dem Gewerbe nach. Sie sind Gewerbetreibende. Kleingewerbetreibende. Sie treiben es gerne, gerne am Sonntag, die Sonntagshuren. Sie lieben ihren Wochentagsjob und sie lieben das Sonntagsgewerbe. Sonntag ist der Tag der Aphrodite, da hat Zedine zwei oder drei Freier, ganz entspannt, wie es sich ausgeht, wie es sich gut anfühlt für sie. Das ist ihr Workout für den Sonntag. Das ist ihr Wochenendflowerlebnis. Der Oxytocinschub reicht für eine Woche Trallala. Die meisten der Sonntagshuren sind kinderlos, des Wochentagsjobs wegen. Trotzdem, natürlich, wie auch nicht, also: Sie wollen wissen, wie sich ein glucksender Babybauch anfühlt, ein vollgefüllter Bauch, ein runder Bauch, ein schwerer, ein bewegter, ein bewohnter Bauch. Die Sonntagshuren, die es wissen wollen, gehen als Babyboomerinnen. An ihren Eisprungtagen gehen sie hinunter in die Lagune und machen es sich in den Liegestühlen, die für die Babyboomerinnen reserviert sind, bequem. Unten am Sandstrand liegen die Babyboomerinnen, die Sonntagshuren und die Hobbyhuren in Liegestühlen, bereit für die Insemination. Zedine ist eine Sonntagshure mit Wochentagsjob, die einen Babybauch spazieren führen möchte. Nur mal so – wie es sich anfühlt, will sie wissen.

Zedine vermietet die Wunderkammer ihres Bauches, vermietet ihren Wunderbauch, vermietet diese behagliche Wohnstätte samt Eizelle. Die Eizelle ist inbegriffen, die besamungsbereite, die befruchtungsbereite Eizelle gehört zum Package. Eine glückliche Eizelle. Zedine wird von der Bärin bezahlt. Diesen Service hat sich die Bärin ausgedacht. Sie zahlt für den angemieteten Bauch der Babyboomerinnen. Man kann den Bauch und die Insemination im Keimzellenshop vorbestellen. 24 Stunden Service. Jederzeit eine Insemination. Jederzeit eine Babyboomerin. Rund um die Uhr. Rundumservice ist die Spezialität der Bärin. Das ist ein Servicebetrieb!

Die Frauen aus der Lagune schlendern mit ihren Männern hinunter an den Strand, schlendern zu den Babyboomerinnen, mit dem kurz zuvor erstandenen befruchtungsfreudigen Vögelchensaft im Gepäck. Sie mieten eine Boomerin. Für neun Monate zahlen sie die Miete im Voraus. Die Bärin kassiert und übernimmt die 6 ml Tiefkühlkost. Die ausgesuchte Babyboomerin, und ausgesucht sind sie alle, von der Bärin ausgesucht und überprüft, die Ausgesuchte öffnet die Beine.

»Sesam öffne dich!«, ruft die Bärin und vermengt die Spermien mit etwas Badesalz und platziert die Spermienschleuder. Sie legt die Kugeln ein, zielt und verfrachtet die Spermienbadesalzkugeln in die Gebärmutter. Punktgenau. Das Badesalz beginnt zu sprudeln, zu blubbern. Die Spermien, die erleuchteten, edelmuskulösen Superschwimmer begeben sich zielstrebig, auf dem schnellsten Weg, zur Eizelle. Punktgenau. Sie haben dasselbe Schulungsprogramm durchlaufen wie die asiatischen Spermien. Sie sind motiviert, qualifiziert, zertifiziert. Neun Monate später liegt das Baby in der Wiege. Ausgesucht glücklich. Punktgenau.

Zedine drapiert sich im Liegestuhl; die Beine geöffnet sitzt sie da und lässt sich die Sonne auf den Busch scheinen.

»Zedine, du kommst heute dran! Unter deinem Busch ist die Bühne des Lebens! Hast du Lampenfieber?«

Die Bärin ist im Anmarsch, schnurstracks marschiert sie auf den Raum zwischen Zedines Beinen zu und lässt sich dort nieder. Sie scannt mit einer Handyapp ihren Bauch, lokalisiert ihre Eierstöcke, analysiert das Zyklusgeschehen, den duftenden Zervix, den Eisprung. Zedine lässt die Bärin werken. Zedine schließt selig die Augen. Sie ist in Euphorie – es ist ihre erste Schwangerschaft. William ist der Samenspender, der Frischsamenspender. Er bringt seinen Saft vorbei. Die Auftraggeberin möchte anonym bleiben. Sie ist eine aus der Stadt. Zedine betrachtet William. Betrachtet ihn von oben, von unten, von vorne und von hinten.

»Das wird ein schönes Baby geben. Meine Eizelle, Williams Samenzelle. Zwei so artige Keimzellen!«, träumt Zedine vor sich hin.

William hat schon viele Kinder – mit Zedine ist es sein erstes. Zedine gefällt ihm! William ist aufgeregt. Jedes Mal. Jedes Mal ein bisschen. Jedes Mal ist es ein Ereignis, ein Wunder. Vor der Insemination setzt die Bärin noch rasch einen Duftzerstäuber ein. Die öligen Parfumtropfen landen auf der verschmelzungsbereiten Eizelle. Maiglöckchenduft! Das ist der Wegweiser für Williams Spermien, die Duftspur, die Markierung. Mit der Samenschleuder katapultiert die Bärin Williams Saft direkt vor Zedines Eizelle. Sobald die mit Green Bull biosozial gedopten Spermien in Zedines Zervix landen, legen sie los. Los! Los, Jungs! Diese Aussichten! Diese Zukunft! Diese Zukunftsaussichten! Mit kraftvollen, mit dynamischen Schwanzschlägen schwimmen sie dem Maiglöckchenduft entgegen. Die Erleuchtung ruft! Die Bärin drückt ihr Handy auf Zedines Bauch und filmt die Verschmelzung, die Verschmelzung der beiden Keimzellen, filmt den Augenblick, an dem Williams Samenzelle an Zedines Ei klopft und um Einlass bittet. Die Eizelle weiß genau, was sie will!

»Wer klopfet an? Tritt ein, komm näher, noch näher mein Süßer, die Zweisamkeit wartet. Ich bin bereit. Ja! Ja!«, hört man die paarungsbereite Eizelle kokett aus Zedines Bauch zwitschern.

Der Film läuft in Echtzeit auf allen Monitoren der Stadt. Die Sonntagshuren applaudieren. Welche von ihnen wird die Nächste sein?

Firmenphilospophie

Die Bärin zieht die Fäden. Sie initiiert, sie investiert, sie forscht, sie entwickelt und sie setzt um. Frauenpower, Bärinnenpower, Businesspowerwoman pur. Das Journal hat sie auf den ersten Platz gewählt. Gemeinsam mit Glykys, Gomba und Banjolo dem Leuchtturmwärter arbeitet sie an den künftigen Wundern. Der Bärinnentrust in der Lagune beherrscht den Weltmarkt für Keimzellen, den Weltmarkt für Körperflüssigkeiten. Am Glück arbeiten sie noch, an der Glücksgarantie für jede Eizelle, für jede Samenzelle. Das wird! Das wird!

Glykys, Gomba und Banjolo sind Teilhaber des Keimzellenimperiums, sie haben teil und teilen den arktischen Samenberg, die Adria-Asia-Samenpipline, das Eizellenbusiness, den Befruchtungsservice untereinander auf. Das Betriebsklima ist einer der Erfolgsfaktoren. Es geht um die Bewirtschaftung der Gefühle. Es geht um das Klima untereinander, das Klima miteinander – oben, unten, vorne, hinten. Wie magst du es am liebsten? Zu zweit, zu dritt, zu viert? Im Gipfelsturm zum Weltmarktleader. Mit einem Highpoint zum Gipfel. Business as usual. Wie es gerade passt. Wo es gerade passt und wie es für das Betriebsklima passt. Das Betriebsklima! Ein kreatives, ein forschungsfreundliches, ein arbeitsförderndes, ein faires, auf die individuellen Bedürfnisse abgestimmtes Klima. Das ist vertrauensbildend. Eine vertrauensbildende Maßnahme, das ist der Austausch von Haut, Nähe und Wärme, der Austausch von Körperflüssigkeiten, von biochemischen Botenstoffen, das ist der Prolog zum Glück – oben, unten, vorne, hinten.

Andere Konzerne schicken ihre Mitarbeiterinnen in Kommunikationsseminare, zum Motivationstraining und in Buchhaltungskurse.

»Dabei ist es so einfach!«, summt die Bärin.

Zwischendurch und immer wieder ein bisschen Keimzellenstimulation und das Betriebsklima, die Moral, die Arbeitsmoral ist top! Es geht um die Moral! Die Bärin öffnet ihre Beine. Banjolo ist im Rausch. Jamme, jamme 'ncoppa, jamme jà! Zuerst die Bärin, dann Glykys und Gomba. Jamme jà, jamme jà! Die Ebenen sind durchlässig, für alle, für alles. Moral kennt keinen Dünkel! Das ist Firmenphilosophie, das ist demokratische Führung, das ist Corporate Identity.

»Es ist alles Psychologie!«, sagt Gomba. »Kennst du die maslowsche Bedürfnispyramide, Bajolo? Die Lust steht an der Spitze der Hierarchie, erst dann kommt alles andere. Wir sind evolutionär auf Lust und Glück programmiert, es geht gar nicht anders. Optimismus ist ein Überlebensfaktor! Wie sollten wir die alltäglichen Rückschläge, wie sollten wir das Altern sonst ertragen? Optimismus!«

Banjolo nickt und zückt sein Vögelchen. Sein Vögelchen kennt die Gesetze der Evolution. Sein Vögelchen ist auf Glück programmiert, verschwenderisch versprüht es glückliche Spermien. Banjolo ist zufrieden. Ihm gefällt dieser Kreislauf des Forschens und Entwickelns, des Ausprobierens und Werdens. Er fühlt sich dabei als Teil des Ganzen. Glückliche Keimzellen, glückliche Mitarbeiter und glückliche Kids! Da ist er dabei, mittendrin! Und wenn es bei so viel Glück zwischendurch doch mal Krach gibt, kleine temporäre Konflikte, na, was dann? Genau, dann treiben sie es!

»Das entspannt, das ist Aggressionsabbau in Echtzeit«, doziert Gomba, »und Fortunas Rad setzt sich wieder in Bewegung, wie bei den Bonobos.«

Im Viererpack gehen sie hinüber in die Entwicklungsabteilung. Heute wird eine neue Erfindung getestet. Die Vier sind gespannt. Eine Erfindung, die auch langsame Spermien ahnen lässt, wie sich der Rausch der Geschwindigkeit anfühlt. Ein Hecksprudler, ein Turbo für Schlafhauben. Ein Versuchsspermium bekommt einen winzigen Außenborder umgeschnallt, klar, klimafreundlich, und startet im Laborbecken.

»Bingo! Es klappt! Wie eine Rakete geht er ab!«,

ruft Glykys ehrfürchtig.

Sie rechnet, sie berechnet die Einsparungsmöglichkeiten für Päppellösung, für psychologische Betreuung und alles andere, die sich durch diesen Außenborder ergeben. Der eingesparte Betrag wird umverteilt, den bekommen die Kleinen. Ein Hauptpfeiler der Firmenphilosophie ist die Kinderfreundlichkeit. Der Trust hat überall in der Lagune Kindererholungs- und Kinderabenteuerplätze. Die Bambinos spielen in der seichten Bucht, zwischen den Kormoranen, dort wo der Sandstrand am breitesten ist. Sie spielen im Wasser, fangen Krebse, bauen Burgen, schlafen im Schatten der Tamarisken. Die Mitarbeiter besuchen ihre Kinder während der Arbeitszeit. Die Arbeitszeit ist kinder-, mitarbeiter- und lebensgerecht, zum Wohlfühlen. Das Recht auf Wohlfühlen ist im Arbeitsvertrag festgeschrieben. Wenn eines der Kleinen ›Mama, Papa, Oma oder Onkel‹ ruft, heben alle am Strand den Kopf.

Alle Frauen und alle Männer. Alle schauen. Es könnte ihres sein, ihr Baby, aus ihrer Keimzelle. Sie sind eine Solidargemeinschaft von Erziehern. Jedes Baby ist das Eigene, jedes wird geliebt wie das Eigene.

»Bestimmt war es meine Eizelle!«

»Bestimmt war es mein Spermium!«

»Bestimmt ist es in meinem Bauch aufgewachsen!«

Das Fest
der Keimzellen und Körpersäfte

Heute ist Partytime. Party und Paarungstime. Heute ist Keimzellenday, heute ist ein staatlicher Feiertag, ein Megaevent in der Lagune, heute ist das Fest der Keimzellen und Körpersäfte. Die Kommissarin hat die Oberhoheit für diesen hohen Feiertag übernommen. Alle haben frei, alle kommen und alle tragen eine Keimzelle am Handgelenk, in einer kleinen Kugel mit Nährlösung, so wie sie es bei der Bärin gesehen haben. Die Bärin hat ein Spermium von Glykys bekommen, als Gastgeschenk, als Mitbringsel hat sie Teo, das beziehungsängstliche Spermium in einer mit Kokosmilchnährlösung gefüllten Minigoldfischglaskugel aus Asien mitgebracht. Die Kugel hängt an einem Goldarmband am Handgelenk der Bärin. Ein Bettelarmband mit Teo in der Kugel. Die Bärin trägt Teo immer mit sich. Wie ein Lieblingshaustier, wie einen kleinen Freund trägt sie ihn mit sich. Einmal in der Woche wechselt sie die Nährlösung aus. Sie öffnet die Glaskugel.

»Ja wie geht es denn meinem kleinen Schatz?«

Teo taucht sofort auf und pritschelt vergnügt mit seiner Schwanzflosse. Neben Kokosmilch ist die Bärin seine große Liebe. Trommelwirbel! Teo setzt zum

Salto an. Seine Anmut lässt die Bärin völlig gelieren.

»So in love!«

Die Bärin ist im Glück. Teo und sie reiben ihre Nasen vergnügt aneinander.

Die Keimzellen am Handgelenk sind der letzte Schrei und sind Pflicht an einem Tag wie diesem. Manche tragen gerade in Verschmelzung begriffene Keimzellen mit sich, beobachten die Zellteilung, bevor sie eine Sonntagshure mieten oder sich das keimende Neue selbst einpflanzen lassen. Die Fischer lieben die Eizellen. Ihr Blick wird so sanft, ihre Stimmen leise.

»Schau sie dir an! Sind sie nicht wunderschön!«

Alle sind an diesem Festtag auf dem Weg in die Lagune. Alle kommen sie und treffen sich am Strand. Die Lagunenfrauen, die Fischer, die Hobbyhuren, die Sonntagshuren und die frischen Huren, die Nixe Brusatti und Miu, die Bordsteinschwalben mit William in ihrer Mitte, alle kommen aus der Stadt und aus den umliegenden Dörfern. Armelle, die Dame im Hermelin, der kussschöne Stricher, die Babyboomerinnen, der Lieblingsschmuser, Serpentina und Signora Soleil. Alle. Und alle treiben es. Am frühen Nachmittag geht es los. Gleich nach dem Kuchen geht es los – oben, unten, vorne, hinten. Sie treiben es im Sand, im Strandflieder, in den Dünen, in den Strandkörben, im

Seegras, im seichten Wasser der Lagune und in den Booten der Fischer.

Am Abend schlendern die Lagunenbewohner neugierig zur Tribüne. Alle schlendern sie zur Tribüne, die am Strand aufgebaut ist. Überall sind Monitore angebracht, damit auch die in der letzten Reihe etwas mitbekommen. Heute Abend wird eine Weltneuheit präsentiert. Ein Wunder! Man wartet auf ein Wunder, und da ist es! Ein neues Wunder findet statt. Die Bärin betritt mit Gomba, Glykys und Banjolo die Tribüne. Sie werden von der Kommissarin feierlich begrüßt.

»Hier sind unsere Wunderverantwortlichen! Kommen Sie, schauen Sie, hier sehen Sie den Zeitgeist!«

Alle sind gespannt. Die Bärin, die bezaubernde Bärin tritt vor, an den Rand der Tribüne, ins Rampenlicht und stellt das neue Wunder, die neue Erfindung, die Weltsensation vor.

»Meine Damen und Herren, gnädige Huren und verehrte Schwalben«, beginnt sie, »wir haben die Fortpflanzung digitalisiert! Jede und jeder kann sich die gewünschte Eizelle, das bevorzugte Spermium in Hinkunft selbst auf einem 3D-Drucker ausdrucken.«

Die Bärin macht eine Pause und genießt die atemlose Stille.

»Unsere Entwicklungsabteilung hat für alle Interessierten einen neuen Modus, einen effizienten, einfa-

chen und bedienungsfreundlichen Zugang zu Keimzellen im Netz etabliert. Es funktioniert so: Spenderin-
nen und Spender geben im nächsten Gesundheitsinsti-
tut eine Blutprobe ab. Die Informationen der Keimzellen und alle anderen Zellinformationen werden ent-
schlüsselt und in der weltgrößten Keimzellendaten-
bank gespeichert, gemeinsam mit einigen Angaben
zur Person der Spender. In dieser Online-Datenbank
kann jeder suchen, weltweit. Hat man die gewünschte
Keimzelle gefunden, kann man sie mit One-Click sofort kaufen, den Gencode downloaden und später völlig entspannt und gemütlich zu Hause auf dem 3D-
Drucker die Keimzelle ausdrucken. In derselben Da-
tenbank sind auch alle Babyboomerinnen gelistet. Mit
einem Click landet die Gewünschte im Warenkorb
und kann für neun Monate gebucht werden. Die digi-
talen Möglichkeiten der Fortpflanzung sind völlig un-
kompliziert.«

Die Euphorie in der Menge ist unbeschreiblich. So
ein Wirbel! Applaus, Applaus. Diese Möglichkeiten!
Dieses Wunder! Keimzellen auf Knopfdruck. Keimzellen zum Ausdrucken! Das ist eine Sensation! Die
Lagune wird mit dieser bahnbrechenden Erfindung
über die Grenzen hinaus bekannt werden. Die Bärin
hat einige Mühe, die Menge wieder zu beruhigen, bevor sie weitersprechen kann.

»Wir spielen jetzt ein Video ein, das Sie mit den Möglichkeiten der Selbstinsemination, für die bequeme Anwendung zu Hause, bekannt macht. Unsere Kreativabteilung hat dazu ein eigenes Home-Kit entwickelt. Das Finetuning erfolgt über das Home-Automation-Service. Anschließend möchten wir Ihnen noch einen zweiten Film über die Do-It-Yourself-Verschmelzung von Ei und Samenzelle, die Verschmelzung in Eigenregie, die Verschmelzung in der Petrischale zeigen. Film ab, wir wünschen Ihnen gute Unterhaltung!«

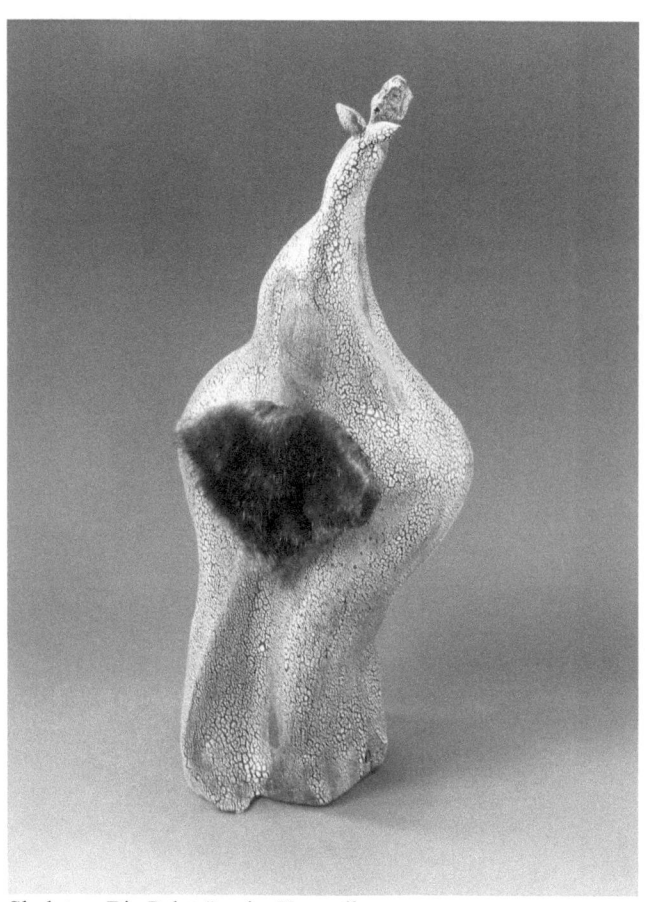
Skulptur: Die Pelzträgerin, Keramik

Skulpturengruppe: Vita Violenta, Keramik

Ich möchte Danke sagen ...

Das Schreiben der kleinen Meerhure hat mir großes Vergnügen bereitet. Damit aus einem Text ein Buch wird, ist jedoch Unterstützung notwendig.

Meinem Mann Martin Thomas Schmid möchte ich für jegliche technische Hilfe, Aufmunterung und für die Gestaltung des Covers danken.

Meinem Freund Wilfried Öller möchte ich für sein Engagement und seine Geduld bei der Beantwortung meiner Fragen danken. Ich bin sehr froh, dass er sein umfangreiches Wissen mit mir teilt!

Andrea Pierus wurde 1966
in Wien geboren.

Sie ist Pädagogin und
Erwachsenenbildnerin, Coach,
Bildhauerin und Autorin.

Veröffentlichungen

Die kleine Hexe Strizziwitz – Märchenbuch

ISBN: 978-3-86806-860-3 – Zwiebelzwerg-Verlag
Oh Schreck, Dilly, das Rabenmädchen hat einen kranken
Fuß! Verflixt, wo ist nur das Rezept für die Auwehraben-
fußtinktur? Die kleine Hexe Strizziwitz startet den
Turbohexenbesen und holt das große Hexenmedizinbuch
ihrer Oma. Ein großes Abenteuer beginnt!

das fundament abschaffen

ISBN: 978-3-8442-7928-3 – edition ananas
in asien entstanden 70 gedichte. wovon erzählen sie?
von den lieben, den neuen & den alten, vom begehren &
der lust an der haut des anderen, von ungelebter nähe &
verlust. Liebeslyrik, na bitte!!

rushhour der endorphine

ISBN: 978-3-7375-4768-0 – edition ananas
lampenfieber? sie will ihn verführen, diskutiert wird nicht.
licht aus! küss mich!
84 gedichte von der liebe und der lust an der poetik des
körpers.

Anerkennung in der Erwachsenenbildung

ISBN: 978-3-66881-775-3 – GRIN-Verlag
Im Zentrum steht die Frage, wie Pädagoginnen und
Pädagogen Anerkennungsverhältnisse in Kontexten der
Erwachsenenbildung gestalten können.

Mehr über die Autorin, ihre Bücher und ihre Skulpturen
erfahren Sie auf:

www.skulptora.at
www.edition-ananas.at
www.ersteswienerfrauenwunder.at
www.lösungen-finden.at

Andrea Pierus

Anerkennung
in der Erwachsenenbildung
Emotionale Kompetenz und Kommunikationskompetenz

Masterarbeit

Zeitfracht Medien GmbH
Ferdinand-Jühlke-Straße 7
99095 Erfurt, Deutschland
produktsicherheit@kolibri360.de